MITOS Y LEYENDAS CELTAS

MITOS Y LEYENDAS CELTAS

Selección y prólogo de
Roberto C. Rosaspini Reynolds

Ⅽdiciones Continente

Corrección: Susana Rabbufeti Pezzoni
Diseño de tapa: Mario Blanco
Diseño de interior: Mora Digiovanni
Ilustraciones de interior: Fernando Molinari

398.2   Rosaspini Reynolds, Roberto
ROS   Mitos y leyendas celtas
           1ª ed. - Buenos Aires
           Ediciones Continente, 1999
           128 p.; 23x15 cm.

           ISBN 950-754-069-5

           I. Título - 1. Literatura Folklórica Celta

1ª edición: noviembre de 1999
2ª edición: junio de 2002
3ª edición: abril de 2005

© by Ediciones Continente
Pavón 2229 (C1248AAE) Buenos Aires, Argentina
Tel.: (54-11) 4308-3535 - Fax: (5411) 4308-4800
e-mail: info@edicontinente.com.ar

IMPRESO EN LA ARGENTINA
PRINTED IN ARGENTINA

Queda hecho el depósito que marca la ley 11.723

Se terminó de imprimir en el mes de abril de 2005,
en los Talleres Gráficos Color Efe, Paso 192,
Avellaneda, Buenos Aires, Argentina

ÍNDICE

El ciclo de Finn McCumhaill, fenniano o ciclo de Ossiann

Los ciclos mitológicos galeses

ALGUПOS COПCEPΤOS PREVÍOS

as leyendas brotan de la imaginería popular con la misma fluidez con que manan las palabras de la pluma (hoy sería más exacto decir *del procesador de texto...*) de un escritor fecundo, aunque demoren infinitamente mucho más tiempo en afincarse definitivamente en las tradiciones, las costumbres y los acontecimientos cotidianos del mismo pueblo que las creó y que es, con el transcurso del tiempo, el encargado de adaptarlas, modificarlas y "aggiornarlas" como respuesta a su propia evolución.

Tenemos un concepto intuitivo y casi podría decirse ancestral y atávica, del vocablo *leyenda*, que sugiere por sí mismo una evocación de hechos barnizados por la pátina de los siglos –cuando no perdidos en la noche de los tiempos, o directamente atemporales– pero que invariablemente conservan y alientan ese regusto evocativo y nostálgico que nos retrotrae a épocas pasadas e inefablemente mejores.

Pero, desde un punto de vista pragmático y demostrable, ¿es realmente el pueblo el que crea las leyendas? Este es un punto largamente controvertido, ya que no parece demasiado racional que una leyenda se origine por generación espontánea en un grupo o comunidad, ni que nazca de manera anónima y colectiva, incorporando detalles y rasgos a medida que crece. Por lo tanto, parece sensato deducir que la leyenda puede considerarse popular (es decir relativamente anónima) desde el punto de vista de que su creador, ya sea por observación o por intuición, incluya en ella alguno o algunos de los grandes temas hacia los que el pueblo se siente más sensibilizado o atraído. Del acierto o desacierto del tratamiento que la leyenda haga de esos temas clave, depende su mayor o menor difusión y su perdurabilidad en el tiempo.

La leyenda como herencia universal

Una vez lanzada a rodar, si una leyenda encuentra un eco positivo en los sentimientos y necesidades populares, el hombre común la adopta y la embellece para su propia satisfacción; la incorpora a su vivir cotidiano, la modifica, la pule, adapta los personajes y su entorno a los tiempos que corren, cambia los ejes de atención, amplía o reduce el protagonismo de los participantes y finalmente la comenta y la transmite, pero rara vez la pone en tela de juicio.

Es entonces cuando la leyenda se transforma verdaderamente en un patrimonio universal: la cuentan los bardos y narradores en las tabernas, la relatan las ancianas a sus nietos junto a la chimenea, se hace copla o canción en las fiestas y se convierte en víctima de sesudos análisis por parte de literatos, críticos y otros personajes incapaces de crear sus propias obras.

Por lo general, en sus comienzos la leyenda se encuentra estrechamente vinculada a un pueblo, una etnia, un país o una religión, y afianza sus raíces más profundas en conceptos que sólo afectan a grupos humanos relativamente pequeños, como un culto local, una característica geográfica o meteorológica infrecuente o, simplemente, una tradición de la que se desconoce el origen.

Entre los ejemplos de este tipo de motivaciones puede mencionarse una roca que sugiere la forma de un gigante encadenado, un animal o vegetal autóctono exclusivo de la zona, o sitios a los que se les atribuyen (generalmente por razones basadas en hechos reales) virtudes sobrenaturales, como una fuente termal de aguas sulfurosas, un bosque que se supone invadido por espíritus y demonios, un risco que produce sonidos fantasmales al soplo del viento, etcétera.

Sin embargo, con el paso del tiempo los países, etnias y pueblos se ponen en contacto entre sí y comienzan a intercambiar sus patrimonios culturales. Y entonces sus temas, entornos, protagonistas y costumbres se mezclan y se amalgaman; la leyenda deja de ser patrimonio de unos pocos para pasar a ser una herencia de toda la humanidad.

El legendario bagaje celta

La tradición celta –especialmente la de los celtas insulares– es una de las más ricas en lo que respecta a mitos y leyendas, en toda la historia de la humanidad. Sus tramas, basadas en tradiciones que datan desde antes del siglo X a. C. hasta aproximadamente el siglo VII d. C., que fue cuando se comenzaron a recopilar en forma escrita las primeras tradiciones orales, abarcan infinidad de temas, entre los que se cuentan: historias de guerras y conquistas, como las narraciones de Tuan McCarrell[1] y el *Tain bo Quailnge;*[2] proezas bélicas de dioses, semi-dioses y héroes, encarnados principalmente por CuChulainn y Finn McCumhaill; situaciones mágicas, hechizos, talismanes y encantamientos, como las historias de "Mannawydan ab Llyr", "Pwyll, príncipe de Dyfet" y "Ossian, hijo de Finn McCumhaill"; también abundan los personajes y objetos reales y míticos, con poderes y características preternaturales, como los Tuatha de Danann, los aterradores Formoré, los dragones de Lludd y los gigantes como el rey Bran de Gwynedd.

Sin embargo, la misma riqueza de temas y personajes de las leyendas celtas, especialmente las irlandesas, escocesas y galesas, hace difícil, si no imposible, abarcar en un solo libro todas sus facetas, por lo que en este trabajo hemos querido presentar un conjunto coherente de historias, que resulte representativo en cuanto a las distintas temáticas y protagonistas más conspicuos.

Las fuentes de información

Si bien gran parte de los "mitos originales" –dicho esto con el mayor de los respetos, ya que de momento es imposible determinar cuáles hechos son míticos y cuáles acontecimientos reales– de la historia de la antigua Erín[3] se han perdido, muchos de ellos han llegado a nuestros días gracias a ese conjunto de códices mencionados, y que han sido recopilados entre los siglos VII y XII por un grupo de monjes cristianos, a partir de las narraciones orales relatadas por los escasos *filidh*[4] sobrevivientes de la época druídica.

A la luz de los escasos datos que se han conservado de la cultura céltica, no parece caber duda alguna de que los sacerdotes celtas, tanto continentales como insulares, no pueden haber ignorado ni desestimado temas tan trascendentales para toda comunidad humana como la Creación del Mundo, el Origen del Hombre, el Movimiento de las Estrellas, etc.; sin embargo, desafortunadamente, los druidas, confinando la parte conceptual de estas informaciones al ámbito de los iniciados y prohibiendo toda especulación laica al respecto, lograron restringir en el pueblo gran parte de la curiosidad y el instinto de investigación; por otra parte, impidieron las relaciones escritas de los temas sagrados y profundos, quizás confiando, a raíz de su orientación shamánica que, cuando su raza no las necesitara más, sus enseñanzas cosmogónicas resurgirían en otras etnias y tradiciones de raigambre similar, como efectivamente ha venido sucediendo desde que el mundo es mundo.

Como consecuencia de estas medidas, la literatura celta más antigua que se conoce –que son las primigenias narraciones en lengua *irish gaël* y *welsh* recopiladas por escritores muy posteriores, algunas en sus idiomas originales, pero la mayoría en latín– no comienza por el origen del universo, como en la mayoría de las culturas antiguas, sino por el nacimiento y evolución de las regiones y gobiernos involucrados.

Acerca de estos manuscritos, cabe destacar que, mientras en el resto de Europa, la comunidad cristiana ignoraba, o, peor aún, despreciaba y denigraba, las creencias tradicionales, los amanuenses cristianos de la antigua Erín optaron por preservarlas, hecho encomiable aunque en muchas ocasiones las hayan "cristianizado", suprimiendo las referencias paganas más significativas.

Así, los monjes cristianos copiaron las versiones narradas por los *filidh* –muchos de los cuales, de hecho, se convirtieron en los primeros conversos irlandeses– con bastante fidelidad, a pesar de que muchas divinidades paganas se convirtieron, en sus manuscritos, en personajes humanos, aunque con poderes especiales. El dios celta Lugh, por ejemplo, una deidad indiscutida entre los galos (celtas continentales), aparece descripto en las transcripciones cristianas como un simple ser humano, aunque desusadamente grande, fuerte e inteligente.

De estas recopilaciones cristianas tardías han sobrevivido –si bien se sospecha que no en su totalidad– dos manuscritos principales que, hasta el momento, se destacan como las fuentes de información más antiguas que pueden encontrarse sobre las inva-

siones y conquistas que se fueron sucediendo en las Islas Británicas (más específicamente en Irlanda y Gales), como así también los lugares donde se han ido sucediendo; estos dos textos son el *Eireann Lebhar Gabhalla*,[5] que narra las distintas oleadas de conquistadores que llegaron a las playas de la Isla Esmeralda (Erín) y el *Mabinogion*,[6] redactado en lengua galesa, que recopila varias versiones anteriores a su configuración definitiva, referentes a los hechos bélicos e históricos acaecidos en las regiones de Gales y Cornwall.

• *Los manuscritos irlandeses: el* Eireann Leabhar Gabhalla

Como queda dicho, estos códices están encabezados en importancia por el *Libro de las invasiones,* un extenso trabajo divivido en
trece leyendas, de las cuales hemos tomado los pasajes más sustan-
ciales de las cinco pertenecientes a las *Tochommlodda* (literalmente, "invasiones"), en cada una de las cuales se relata la epopeya de
una las cinco razas que poblaron y rigieron sucesivamente el
territorio irlandés.

El *Leabhar Gabhalla* se complementa con otro manuscrito
que, si bien es contemporáneo en sus orígenes orales, fue transcrip-
to al lenguaje escrito bastante más tarde, alrededor del siglo XIV.
En este texto se especifican con mucha precisión, aunque en
términos algo crípticos (quizás porque los monjes cristianos no
conocían al pie de la letra la geografía y la toponimia celtas), los
lugares donde se desarrollaron las principales acciones en territorio irlandés.

Otros códices contemporáneos de éstos son: el *Libro de Leinster,* el *Libro amarillo de Lecan* y el *Dun Cow,* de los cuales hemos
extraído algunos fragmentos relevantes para los temas tratados, y
en lengua galesa, como complemento del *Mabinogion,* el *Libro
blanco de Rydderch* y el *Libro rojo de Hergest.*

• *Los manuscritos galeses: el* Mabinogion

Aunque aún no se ha llegado a determinar con exactitud el
origen ni el significado del término, la posición más difundida
indica que, en galés antiguo (*welsh*), un *mabinog* sería un aprendiz
de literato o, más exactamente, un aprendiz de bardo, equivalente
al *fili* irlandés; de esta forma, una historia escrita o narrada por uno
de ellos sería un *mabinogi,* cuyo conjunto conformaría entonces un
mabinogion, es decir, el bagaje literario de uno de estos narradores
profesionales.

Cabe destacar que el que hoy se conoce bajo el nombre de
Mabinogion, en realidad no ha existido nunca en su forma actual,
sino que es una recopilación de distintas versiones previas escritas
en épocas y lugares diferentes e independientes entre sí, que fueron
luego reunidas en una sola bajo el título citado. Entre estas
transcripciones "originales" pueden mencionarse el *Libro blanco
de Rydderch,* de fines del siglo XI, el *Libro negro de Chirk,* del XIII,
y el *Libro rojo de Hergeist,* más completo, y ya del siglo XIV.

Otro punto interesante es que las leyendas incluidas en esas transcripciones parciales difiere considerablemente de una a otra, manteniéndose constantes en todas ellas solamente cuatro historias, conocidas hoy como *Las cuatro ramas del Mabinogion*: "Pwyll, príncipe de Dyffedd"; "Branwen, hija de Llyr"; "Mannawydan, hijo de Llyr" y "Math, hijo de Mathonwy".

A estas cuatro ramas principales deben agregarse al menos cinco que, si bien sólo aparecen en una, ocasionalmente más, de las versiones originales, se las considera de la misma época y de origen similar a las cuatro principales; éstas son: "El sueño de Maxen Wedlic", "Llud y Levlis", "El sueño de Ronabwy", "Owein y Lunet" y "Peredur de Evrawc".

Con respecto a la procedencia autoral de las leyendas, cabe destacar que, de acuerdo con el consenso de los especialistas, sobre todo de los investigadores galeses, los nombres más probables de quienes proporcionaron la mayoría de las fuentes serían los bardos Gildes y Taliesin, ambos del siglo VI, Aneurin, de una época ligeramente anterior, que parece haber sido también el autor del más antiguo poema galés conocido, el *Goddodin*, y Meilyr y Gwalchmaihid, ya en el siglo XI, que presumiblemente no se contentaron con registrar y escribir las leyendas, sino que aportaron lo suyo a la forma literaria definitiva de éstas.

Más aún, una cierta inconsistencia en el hilo conductivo, el abuso de los aspectos mágicos y míticos, los desniveles de las estructuras narrativas, y algunas redundancias y agregados sutilmente incoherentes parecen confirmar que la recopilación y consiguiente traducción no son literales, sino que han sido "embellecidas" con aportes de los amanuenses cristianos.

Los ciclos mitológicos de la antigua Erín

La historia mítica de Irlanda

olviendo a las leyendas y su cronología, a pesar de los distintos criterios de ordenamiento que se han aplicado hasta el momento, su carácter primario de tradiciones orales, sumado a su carencia de referencias temporales, hace que sea difícil establecer una correlación adecuada de los hechos.

Por lo tanto, a fin de proporcionar al lector una línea conductiva coherente y comprensible, hemos reagrupado las leyendas de las *Tochomladda* ("invasiones") que integran la Saga de Tuan McCarrell, en el *Leabhar Gabhalla*, reordenándolas en seis ciclos aproximadamente correlativos, que conforman la crónica mítica de Irlanda: los reinados de los *formoré, Partholan, Nemed,* los *fir-bolg,* los *tuatha de Danann* y los *milesios,* con los que se inicia la historia documentada de la Irlanda contemporánea. En esta introducción veremos algunos detalles correspondientes a cada uno de estos ciclos para luego, en las secciones correspondientes, pasar a las leyendas propiamente dichas, tal como se consignan en los viejos códices y manuscritos medievales y pre-medievales.

Paralelamente, hemos intercalado en esa base cronológica relatos extractados de varias fuentes, como otras secciones del mismo *Leabhar Gabhalla,* el *Libro de Leinster* y el de *Lecan,* el *Dunn Cow* y otros que, si se los incluye en la secuencia correcta, complementan y enriquecen el contenido de los anteriores. Estos relatos integran los llamados Ciclo del Ulster o de Connar McNessa y el Ciclo de Finn McCumhaill o de Ossian.

De esta reorganización surgió la subdivisión que se pasa a describir.

La reina maga y los *formoré*

Si bien no figura en la Saga de Tuan McCarrell, otras fuentes tradicionales cuentan que, luego del Gran Diluvio Universal, la isla que llegaría a ser Erín estaba habitada por dos razas totalmente diferentes: los *formoré*, gigantes cíclopes que moraban en las islas que rodeaban a Irlanda, y las tribus de la reina-maga Cessair, según algunos autores, una reencarnación de Circe.[1] Quizás por esta razón no existen en las leyendas descripciones de la forma física de las huestes de Cessair, ya que en repetidas oportunidades se menciona el hecho de que la reina las cambiaba a voluntad.

Por razones que la tradición oral no ha conservado, o que se han perdido en la transición, hacia el siglo XXVI a. C., Cessair pereció junto con toda su raza —probablemente a manos de los *formoré*—, dejando a estos últimos dueños absolutos de la isla durante largo tiempo.

Respecto de la constitución física de los *formoré*, no han sobrevivido tampoco muchas precisiones, pero uno de los relatos del *Libro de Lecan* los describe con "un solo pie, un solo ojo y una sola mano, mientras que la mayoría de ellos poseen cabezas de animales, generalmente de cabra o chivo". Según un autor irlandés del siglo XVII, autor de una traducción del *Libro de Lecan*, "los *formoré* eran demonios expulsados del averno. Arribaron a Erín doscientos años antes que Partholan, a bordo de catorce navíos tripulados por veintiocho hombres y veintiocho mujeres cada uno".

La llegada de Partholan
(*Tochomlodd Partholoin dochum n-Ereinn*; lit.: la invasión de Partholan a Irlanda.)

El episodio se encuentra incluido en la Saga de Tuan McCarrell y narra la llegada del mismo Tuan y el hermano de su padre, Partholan, a Erín, y su lucha contra los gigantescos y monstruosos *formoré*.

La invasión de los *nemedianos*

(*Tochomlodd Nemid co n-Ereinn*; lit.: la inmigración de Nemed a Irlanda.)

Corresponde al período en que los *nemedianos* gobernaron Erín, luego de la desaparición de los descendientes de Partholan, víctimas de una plaga.

Según la saga de Tuan McCarrell, única fuente que los menciona en profundidad, luego de derrotar en una oportunidad a los *formoré*, fueron finalmente vencidos por éstos en la batalla de la Torre de Connan, sobreviviendo solamente treinta de ellos, que se establecieron en Gran Bretaña, dando su nombre a ese país.

El ciclo de Domna, hijo de Stariath

(*Tochomlodd fer n-āllom*; lit.: la inmigración de los *fir-āllom*.)[2]

La escasez de referencias sobre el origen de los *fir-āllom* en la saga de Tuan McCarrell –que se concentra en su actuación en las Islas Británicas–, y la ausencia total en otras fuentes, ha generado severas discrepancias en los autores posteriores, que sostienen tres ponencias diferentes: la primera de ellas asegura que procedían de Bélgica y los Países Bajos, y que el grupo estaba compuesto por tres subgrupos, los *fir-bolg*, cuyo nombre significaría "hombres belgas" u "hombres de las bolsas", los *fir- dammoind* o *fir-domnan* y los *fir-galloin*, término que la versión interpreta como un derivado de "galos". A pesar de las diferencias raciales, los tres sectores estaban agrupados en una fracción única, bajo el nombre genérico de *fir-āllom*, si bien el contingente más numeroso, y el que parecía llevar la voz cantante, era el de los *fir-bolg*.

H. d'Arbois de Jubainville, sin embargo, no comparte esta opinión, que parece ser la más difundida y, si bien menciona a los tres pueblos por sus nombres, precisa que:

> ... el orden en que se los menciona tradicionalmente probablemente se debe a su secuencia alfabética, ya que, si bien las letras no ocupan el mismo lugar en el alfabeto oghámico que en el latino, ambos coinciden, no obstante, en colocar la *b* antes que la *d*, y la *g* después de ambas. Así, pues, los Galloin son los últimos alfabéticamente, y los hombres de Bolg preceden a los de Domna.

Sin embargo, el más importante de estos tres pueblos parece

haber sido aquél que la costumbre nombra en segundo término: los *Fir Domnand* u hombres de Domna. Según la tradición, tal como se ha conservado en un poema del siglo XI (no aclara el título, ni el autor o recopilador del mismo), éstos habrían ocupado tres de las cinco provincias en que se dividía Erín en la ópoca heroica: el Munster meridional, el Munster septentrional y el Connaught. Los *fir-galloin* se habrían contentado con el Leinster y los *fir-bolg* con el Ulster. La leyenda de Tuan McCarell, en cambio, que parece más coherente que los demás textos, nombra a los *fir-domnan* antes que a los otros dos pueblos.

La segunda versión indica que el nombre *fir-bolg* significa "hombres de las bolsas", y sostiene que provenían de Grecia, donde trabajaban en condiciones de esclavitud, acarreando tierra desde las fértiles praderas de la costa hasta los valles de las colinas, donde se encontraban los sembrados. Finalmente, cansados de la opresión, construyeron sus propios *curraghs*[3] con las bolsas de cuero en que transportaban la tierra (de allí su nombre) y navegaron hacia Erín, que suponían desierta.

Finalmente, la tercera ponencia, la más difundida, sugiere que pertenecían al grupo de *nemeds* sobrevivientes al combate final con los *formoré* que, luego de reponerse de sus pérdidas en Gran Bretaña –país que, según esta versión, debe su nombre al jefe *nemed* Brittan–, se unieron a otros grupos locales (tal vez los *fir dommand* y los *fir-galloin* de la segunda versión) para integrar los *fir-āllom* que regresaron a recuperar el trono de Erín.

El ciclo de los *tuatha de Danann*

(*Tochomlodd Tuathe de Danann;* lit.: la invasión de los *tuatha de Danann.*)

Comprende la etapa en que los clanes de la diosa Dana, llegados de los cielos, impusieron su inteligencia y su superioridad técnica y científica sobre los antiguos residentes de la isla Esmeralda que aún residían en ella, venciendo tanto a los *fir-bolg* como a los *formoré.*

Al igual que sucedió con los *fir-bolg*, también existen dos versiones acerca del origen de las tribus de la diosa Dana; la primera de ellas, como vimos, los señala como uno de los tres grupos supervivientes de los *nemeds*, que habían permanecido largos años en "las islas del oeste" (probablemente Anglesey y Holyhead, en la bahía de Caernarvon), estudiando magia, música y, en general, todas las bellas artes.

Una segunda versión sugiere para los *tuatha de Danann* una procedencia divina, afirmando que fueron depositados por una nube mágica en una región al norte del actual condado de Connacht; cuando la niebla se disipó, los *fir-bolg* se encontraron, sorprendidos, con un campamento ya fortificado. Esta última interpretación parece corroborarse por el hecho de que los personajes de los *tuatha de Danann* coinciden con los dioses principales de la religión de los celtas insulares; desafortunadamente, la información que ha trascendido sobre estas coincidencias no aporta pruebas suficientes para abrir un juicio racional al respecto.

Analizando los textos irlandeses referidos a los *tuatha de Danann*, inmediatamente surge una marcada dicotomía: por un lado, los que expresan tendencias netamente paganas, y los que, influidos por la creciente presión de los clérigos cristianos, trataron de crear para Erín una tradición modelada bajo los cánones de la cosmogonía bíblica.

Las arraigadas tradiciones celtas insulares consideran a los *tuatha de Danann* como dioses venidos del cielo para encauzar la descarriada conducta de los hombres en los tiempos anteriores. Un poema atribuido a Eochaid ua Flainn (desaparecido alrededor del 980 d. C.), cuya procedencia aún no ha sido debidamente establecida, pero que resulta indiscutiblemente anterior al *Leabhar Gabhalla*, hace una evidente referencia, aunque no se atreve a confirmarla abiertamente: *"...no llegaron en ninguna nave visible... En realidad no se sabe si vinieron del cielo o de la tierra... ¿Eran hombres?¿Eran demonios expulsados del infierno? ¿Eran dioses descendidos de los cielos para detener la maldad de los hombres?..."*.

El nombre mismo de los *tuatha de Danann* consolida esta teoría, ya que, en *irish gaël*, el término *tuatha* (plural de *tuath*) significa "clanes" o "pueblos", mientras que Dana era el nombre de la diosa mayor del panteón celta, a la cual, al "cristianizarla" se le otorgó el de Birgitt o Brigitte,[4] adoptado más tarde por los galos o celtas continentales. En conjunto, su significado "los clanes de la diosa Dana" daría consistencia a la teoría de su pagana procedencia divina.

Para los textos "cristianizados", por su parte, todos los pueblos celtas, especialmente los de Erín, derivan de un tronco común descendiente de Jafet, a través del cual se remontan hasta Adán y Eva, ancestros primigenios del género humano.

Sin embargo, curiosamente, ambas tendencias, la pagana y la cristiana, coinciden en que, entre los ancestros de los *tuatha* se encuentra Nemed, uno de cuyos hijos, Iarbonell, escapó de la matanza de la Torre de Connan, en que los *formoré* diezmaron a las huestes de Nemed, arrojándolos de Erín. Iarbonell poseía el don de la profecía y cuando abandonó Irlanda se retiró, según Eochaid, *"... a las regiones septentrionales del mundo, donde se dedicó a estudiar en profundidad el druidismo, el arte de obtener visiones y escudriñar el porvenir, así como la práctica de hechizos y encantamientos. Una vez adquiridos esos conocimientos maravillosos, Iarbonell y sus descendientes regresaron a Erín, a donde llegaron envueltos en oscuras nubes tempestuosas, que ocultaron el sol durante tres días, y la luna durante las correspondientes noches".*

Pero la supremacía de los *tuatha* –más allá de su procedencia divina o profana– pronto iba a sufrir una declinación tan misteriosa como su llegada, ya que, como veremos algo más adelante, pronto iban a ser reemplazados por los hijos de Miled, una raza invasora proveniente de España.

Sin embargo, los *tuatha de Danann* no se rinden: por obra de sus poderes mágicos se retiran a un mundo intangible e invisible, al cual los humanos no tienen acceso, a menos que ellos lo permitan. Irlanda queda, de esa forma, separada en dos niveles: el espiritual, dominado por los *Dananns*, y el terrenal, regido por Miled y sus descendientes.

Y si bien se ignoran las razones por las cuales los *tuatha de Danann* decidieron abandonar la Erín terrenal, las tradiciones celtas sostienen que lo hicieron por considerar que su misión en el mundo había terminado y se retiraron a sus moradas divinas. Algunos de ellos se refugiaron en la *Tir Tairn'giri* (Tierra de Promisión) o *Tir na n'Ög* (Tierra de la Eterna Juventud), donde el tiempo no existe, las plantas florecen y fructifican todo el año y el *mead*[5] mana de las grietas de las rocas. Los entretenimientos favoritos son los banquetes y las fiestas, y los guerreros reparten su tiempo entre combates simulados y bellas compañías femeninas.

El resto de los *tuatha* eligió como morada magníficos palacios subterráneos y submarinos, inaccesibles a los seres humanos, que sólo pueden percibirlos como semiderruidos sepulcros ancestrales. Fue al refugiarse en estas residencias celestiales, que los *tuatha de Danann* adoptaron su nuevo nombre de *Aedh Sidhi*, o "Habitantes de los *sidhi*",[6] término que, como ya hemos visto, define los túmulos megalíticos que constituyen la entrada en el mundo invisible de las hadas.

La relación de los *Aedh Sidhi* con los humanos se pone de manifiesto en las narraciones de los siguientes ciclos de la historia de Irlanda; en el de Ulster, por ejemplo, interactúan frecuentemente con los seres humanos, tanto en sus sueños como en la realidad cotidiana, y en el de Finn McCumhaill participan en las batallas, luchando lado a lado con los héroes fennianos.

Los ciclos heroicos

Se agrupan bajo esta denominación las leyendas referidas a los grandes héroes y semidioses irlandeses, como así también los relatos bélicos, combates individuales y batallas que tuvieron lugar durante la permanencia de los *tuatha de Danann* en el poder, hecho por el cual algunos autores los consideran como "subciclos" de este período.

El ciclo del Ulster o de Connor McNessa

Llamado también ciclo de CuChulainn, por el relevante protagonismo en este período del paladín máximo de la historia de Erín, héroe del *Tain bo Quailnge* y defensor a ultranza del reinado de Connor McNessa. Las leyendas que componen este ciclo no figuran en la saga de Tuan McCarrell, y algunas de ellas ni siquiera aparecen en ninguna de las versiones del *Leabhar Gabhalla*, sino que han sido recogidas en manuscritos posteriores, como el *Libro de Leinster* y de *Lecan*, o en el *Donn Cow*.

Esto parece presentar cierta dicotomía, ya que varios de los personajes colaterales, como Lugh, padre de CuChulainn, Scatagh, la diosa herrera-guerrera y otros pertenecen indudablemente al entorno de los clanes de la diosa Dana, lo que hace presumir que los episodios aquí relatados han tenido lugar en el período de los *tuatha*, o en tiempos inmediatamente posteriores.

Según los analistas especializados, Connor McNessa y CuChulainn habrían vivido en una época equiparable a la de Jesucristo;

Tigernach, por ejemplo, afirma que CuChulainn habría muerto en el año 2 d. C., y Connor McNessa, en el 22. Sin embargo, algunos historiadores irlandeses del siglo XII afirman, basándose en narraciones orales recopiladas en el Libro de Leinster, que el reinado de Connor McNessa se remontaría al sigo III a. C.

El ciclo de Finn McCumhaill o de Ossian

Posterior al ciclo del Ulster, narra las hazañas de los Fianna, un grupo militar al mando de Finn, hijo del rey Cumhaill, y Ossian (fonéticamente, Oissin), hijo del primero de ellos. Si bien no están incluidas en la saga de Tuan McCarrell, ni en el *Leabhar Gabhalla*, estas leyendas, más allá de sus componentes mágicos, parecen basarse en determinados sucesos históricos datados por los historiadores griegos y romanos alrededor de los siglos II y III de nuestra era.

Sin embargo, las narraciones de este período, que comienzan aproximadamente hacia fines del siglo II d. C., con la batalla de Cnucha (cuya fecha se estima alrededor de 170), durante el reinado de Conn Cetchatar, y se extienden hasta la de Gowras, alrededor del 285, bajo el de Cormac McArt, permiten discernir una sociedad muy diferente de la del Ulster de CuChulainn y ConnorMcNessa; describen una vida más sosegada y pacífica, caracterizada por reyes y señores desahogando sus ansias de conquista en partidas de caza circunscriptas a sus propios cotos de bosques umbríos y apacibles; guerreros y soldados sublimando sus instintos bélicos en torneos y justas, y artesanos dedicados a sus labores en la idílica tranquilidad de su taller.

Desde este punto de vista, las sagas fennianas son la síntesis viva, no de un grupo de clanes luchando a brazo partido por motivos baladíes, sino de un pueblo con miras y metas comunes, marchando armónicamente en busca de una organización definitiva.

Los relatos del ciclo ossiánico narran, básicamente, la historia de los Fianna (plural y genitivo de *fian*, "grupo" o "banda"), un cuerpo de caballería semiprofesional organizado, según se cree, por el rey Feradach Fechtnach, con el objeto de mantener el orden en la isla Esmeralda y prevenirla contra toda invasión.

Durante el siglo III, en el que transcurren la mayoría de los relatos ossiánicos, la orden de los Fianna —célebre por las hazañas guerreras y cinegéticas de sus hombres— ya contaba con casi 200 oficiales y más de 4.000 soldados, cuyo accionar se extendía a toda Erín, con la sola excepción del reino del Ulster.

La gran mayoría de las narraciones sobre este cuerpo se refiere a las hazañas del jefe de los Fianna del Condado de Leinster, Finn McCumhall, cuyo renombre como matador de monstruos y mago es sólo equiparable a su renombre como poeta. Altivo y orgulloso, su linaje se remonta a los invasores *fir āllom*, con ramificaciones entre los *tuatha de Danann*, e incluso cierta relación con Sualtam, padre adoptivo de CuChulainn. Su madre, Murna, "la del Blanco Cuello", era nieta de Nuadha, "el de la Mano de Plata", y su padre fue Cumhaillel McTremmõir, quien, como jefe del clan Bascna, que competía con el clan Morna por el liderazgo de los Fianna, fue vencido y asesinado en la batalla de Knock.

Otra de las características destacables de este período es su entorno mágico, en parte histórico y en parte mitológico, que permitió a los bardos del siglo III entretejer un gran número de relatos prodigiosos, muchos de los cuales transcurren en países ignotos y maravillosos, protagonizados por gigantes, enanos, hadas, magos, elfos, hechiceras, ogros y animales míticos, que se alternan con los dioses de los *tuatha de Danann*. Según algunos especialistas, como Margaret Sullivan y Lesley O'Connors, entre otros, la figura legendaria de Finn McCumhaill se identifica con el guardián de los *sidhi*, Gwynn ab Nudd, rey inmortal de las hadas y los elfos.

La invasión de los *goidels* o *milesios*
(*Tochomlodd goidela, McMiled a Espain in Ereinn*; lit.: la invasión de los *goidels*, hijos de Miled, desde España a Irlanda.)

Ultima de las leyendas de la saga de Tuan McCarrell incluidas en el *Libro de las Invasiones*. Al hacer su entrada en Erín, los *goidels* recibieron el nuevo nombre de *milesios*, aunque los datos recopilados no permiten saber a ciencia cierta si fue por considerárselos descendientes del rey Miled (o Milé), o por deformación del término romano *miles* = soldado, ya que provenían de grupos de militares desertores destacados en España. Esto parece confirmarse por el hecho de que la región del Ulster, durante cierto tiempo, se conoció bajo el nombre de Ibernia, que algunos autores señalan como un derivado de Iberia, nombre con el que se denominaba a España en esa época.

Estas son, a grandes rasgos, las seis etapas más destacables en la línea conductiva de la historia, cada una de las cuales se relata con mayores detalles en la Leyenda de Tuan McCarrell, que presentamos en el capítulo siguiente

Hasta aquí, hemos presentado un resumen esquemático de los distintos períodos por los que atravesó el pueblo de Erín, desde sus orígenes mitológicos hasta el comienzo de su historia escrita. En las páginas siguientes veremos las leyendas que relatan esas épocas, surgidas de la imaginación de los bardos y conservadas por vía oral a lo largo de cientos de generaciones, hasta llegar a nuestros días plasmadas por las plumas de los copistas medievales.

LA SAGA DE
✝VAN MCCARRELL

xisten al menos cuatro manuscritos cristianos que incluyen en sus recopilaciones la leyenda de Tuan McCarrell (fonéticamente Cairill): el *Eireann Leabhar Gabhalla*, que ya hemos mencionado en varias oportunidades; el *Leabhar na hUidre* (el *Libro de Uidrech*), datado hacia el siglo XII, que se conserva en la abadía de St. Birgitt, en Belfast; el *Códice Laud 610*, perteneciente a la biblioteca bodleiana (siglo XV) y el Manuscrito H. 3.18, conservado en el Colegio de la Santísima Trinidad de la ciudad de Dublín, que data del siglo XVI. No obstante, nunca se ha podido demostrar fehacientemente que alguna de estas transcripciones provenga realmente de la pluma de San Finnen; a tal punto que existe incluso una enconada polémica entre los especialistas acerca de la existencia misma del santo, a pesar de la repercusión que tuvo en el clero la disputa entre él y San Colombano por una copia del Evangelio realizada hacia mediados del siglo VI d. C.

La leyenda según San Finnen

Hacia la primera mitad del siglo VI de nuestra era, llegó a la región del Ulster un monje cristiano de nombre San Finnen, discípulo de San Patricio, con la misión catequizadora de fundar un monasterio en las proximidades de Mag–bile (hoy Moville), en el condado de Doen. Con el propósito de recaudar fondos para su cometido, un día fue, acompañado de varios acólitos, a visitar a un rico señor que vivía no lejos del Loch Ness, en la misma localidad. Sin embargo, ante su sorpresa, el caballero le negó a los clérigos la entrada en su fortaleza, alegando que no eran bienvenidos a ella.

Así, pues, para conseguir que el hacendado retirara su prohibición, San Finnen recurrió a un medio que la ley no escrita de la antigua Erín ponía a disposición de los pobres y los débiles cuando debían oponerse a una injusticia y carecían de recursos para hacerlo: se instaló frente a las puertas del castillo y comenzó un ayuno que prolongaría hasta que el caballero aceptara su presencia, o hasta su propia muerte.

Fueron tres los días en que el monje debió ayunar frente a la puerta de la fortaleza, antes que el poderoso y severo hacendado se aplacara y lo dejara entrar en el castillo; allí, el clérigo pudo comprobar lo que ya había sospechado al prohibírsele la entrada: las creencias del señor del castillo "no eran buenas", es decir que no era cristiano. La decisión de Finnen acerca de fundar su monasterio se fortaleció: en la Irlanda del siglo VI todavía existían paganos.

A la mañana siguiente, una vez terminada la celebración del oficio dominical, el sermón y la misa, el caballero invitó a su mesa a San Finnen y algunos de sus acólitos, ocasión que el monje aprovechó para preguntarle:

–¿Quién eres?

–Soy hombre del Ulster y mi nombre es Tuan, hijo de Carrell –respondió su anfitrión–; mi padre era hijo de Muredach Munderc, y él me dejó este desierto como legado póstumo. Pero también hubo un tiempo en que me llamaron Tuan McStarn, hijo de él y su esposa Sera. Starn, mi padre, era hermano de Partholan.

–Si eres realmente quien dices ser, hijo de Sera, entonces seguramente podrás contarnos la verdadera historia de Erín o, al menos, lo que ha sucedido en la Isla Esmeralda desde la época de Partholan, tu tío paterno –dijo Finnen, agregando a continuación–: No aceptaremos de ti alimento alguno hasta que no nos hayas relatado esas viejas historias que ansiamos conocer.

–Me resultará difícil hablar –respondió el señor feudal– sin haber tenido antes ocasión de meditar profundamente acerca de la palabra y las acciones de ese Dios que nos has mencionado en tu sermón. –A lo que el clérigo respondió:

–No debes tener reparo alguno, pues El sabe comprender las actitudes de los hombres; cuéntanos tus propias aventuras, como así también los otros acontecimientos que hayan tenido lugar en esta tierra de Erín.

Tuan McCarrell contempló largamente a su huésped, hizo señas a su servidor para que le sirviera otra copa de *mead*[1] y comenzó su relato.

Historia de la primitiva Erín, según Tuan McCarrell

La llegada de Partholan

–Hasta este preciso momento –inició el caballero su relato– Erín ha sufrido cinco invasiones, ya que nadie había llegado a sus costas antes del Diluvio, y nadie lo hizo, sino hasta mil más dos años después de él,[2] fecha en que Partholan vino a establecerse en Irlanda. Esto sucedió poco tiempo después de la muerte de mis padres, mientras yo me encontraba viviendo con él, razón por la que yo también arribé a estas tierras, acompañados ambos por dos docenas de hombres fuertes y aguerridos, cada uno de los cuales venía con su mujer, aunque ninguno de ellos se destacaba por su inteligencia.

Según d'Arbois de Jubainville, "...la familia de Partholan, que los más antiguos documentos irlandeses sitúan al principio de la historia mítica de su país, es idéntica a la 'raza de plata' que describe Hesíodo en *Los trabajos y los días* y, al igual que ellos, se distingue por su ineptitud...".

–Así vivimos en Erín hasta que llegamos a sumar dos mil y quinientos hombres de la misma raza y otras tantas mujeres –continuó Tuan McCarrell–, época en que se desencadenó una plaga mortal que los aniquiló por completo, dejando a un solo sobreviviente, porque es sabido que nunca sobreviene una mortandad total sin que al menos una persona escape de ella. Y quiso mi malhadado sino que ese sobreviviente fuese yo.

"Aquéllos fueron tiempos que me gustaría verdaderamente erradicar de mi memoria; durante muchos años interminables recorrí Erín de cueva en cueva y de ruina en ruina, para protegerme de los lobos, y a lo largo de todo ese tiempo la senilidad y la decrepitud fueron minando mi espíritu y mi cuerpo, hasta que ya no podía casi caminar y me alimentaba sólo de hierbas y agua de los arroyos, rogando a los cielos que me concedieran el descanso eterno".

Las tribus de Nemed

–Fue entonces cuando Nemed, hijo de Agroman, tomó posesión de Irlanda. Desde lo alto del acantilado lo vi desembarcar, alto y esbelto como un dios, pero me las arreglé para no dejarme ver por ellos. Mi propia decrepitud me ofendía y me aterraba; mis cabellos, mi barba y mis uñas habían crecido desmesuradamente; estaba macilento, desnutrido y desnudo, agobiado por la miseria y el sufrimiento.

"Los vigilé desde los riscos durante muchos días, hasta que una noche me dormí y a la mañana siguiente desperté convertido en un joven y poderoso ciervo. Como por arte de magia había recobrado mi lozanía y la alegría de vivir, y las manifesté componiendo versos y canciones sobre la llegada de Nemed y de su raza, como así también sobre la increíble metamorfosis que yo mismo acababa de experimentar.

"Mi nueva forma animal, pujante y vigorosa, me permitió convertirme en el jefe de todos los rebaños de ciervos de Erín. Siguiera el camino que siguiese, cientos de ciervos marchaban a mi lado, sirviéndome de séquito, de compañía y de protección a la vez. Así fue mi vida en los tiempos de Nemed.

"Treinta y dos eran las naves en que los descendientes de Agroman zarparan hacia Irlanda, con una dotación de treinta almas cada una de ellas, pero todas menos una se extraviaron a lo largo del año y medio que insumió la travesía, y sus tripulaciones perecieron por obra del hambre y la sed, o a causa de los naufragios.

"Finalmente, sólo fueron diez los *nemedianos* que desembarcaron en la Isla Esmeralda: el propio Nemed, su esposa Hyfah, cuatro hombres y cuatro mujeres, pero en poco tiempo su número creció hasta que llegaron a ser cuatro mil treinta hombres y otras tantas mujeres en el momento en que todos murieron.

"No obstante, estos seguidores de Nemed tuvieron fortuna en Erín; ellos y sus descendientes talaron miles de árboles y desbrozaron muchos montes, para crear llanuras y prados en que hacer crecer sus cultivos. Y fue el mismo Nemed quien construyó el primer palacio de Erín, que más tarde se llamaría Emain Macha.

Por desgracia, los *nemedianos* pronto entraron en guerra con los *formoré* que aún subsistían, y las dos facciones se enzarzaron en cuatro titánicas batallas, que diezmaron a sus huestes".

Mientras Nemed condujo a sus hombres a la batalla, sus seguidores salieron triunfantes de ellas, pero tras su muerte, los *formoré* los sojuzgaron, cobrando de ellos tributo cada primero de noviembre, durante la fiesta de Samhain.[3] El tributo consistía en las dos terceras partes de los niños *nemedianos* nacidos el año anterior, más una porción igual de las cosechas y de la leche recolectadas. Después de soportar este sistema durante varios años, los *nemedianos* se rebelaron y se alzaron en armas contra sus expoliadores, logrando reducirlos a su fortaleza de la isla de Tory, aguas arriba del río Shannonn. Sin embargo, esto significó para la tribu de Nemed el sacrificio de su principal héroe Fergus y todos sus seguidores menos treinta, que fueron los únicos que lograron sobrevivir a la batalla.

–Durante aquel tiempo yo había caído nuevamente en la senilidad; me encontraba ya al borde de mis fuerzas vitales, cuando una noche, encontrándome en la boca de mi caverna, y en plena vigilia, sentí que mi cuerpo cambiaba, transformándose lentamente en el de un ágil y vigoroso jabalí. Tan grande fue mi emoción, que no pude menos que expresar en forma de versos mi alegría por la metamofosis. Mi poderosa voz era imponente y majestuosa y ponía de manifiesto toda mi alegría de vivir.

"Y así me convertí en rey de los rebaños de jabalíes de toda Irlanda, cuyas praderas y bosques recorrí a placer, aunque sin perder la costumbre de regresar a los alrededores de mi casa, como cada vez que me sentía viejo y decrépito nuevamente. Porque debéis saber –continuó el caballero– que todas mis metamorfosis se produjeron aquí, en el Ulster, y por eso siempre volvía cuando presentía que se aproximaba una nueva transformación".

Demion, hijo de Stariath

El siguiente grupo en establecerse en la isla fue el de Demion, hijo de Stariath, a quien acompañaban tres contingentes de hombres de más allá de los mares: los *fir-bolg*, los *fir-domnann* y los *fir gallian*.[4]

Los *fir-bolg* pronto se destacaron entre los recién llegados, convirtiéndose en el grupo dominante. Como regentes, realizaron una serie de cambios significativos, entre los cuales el más importante fue, quizás, el de dividir a Erín en cinco grandes reinos, Ulster, Munster, Leinster, Connaught y Meath. Su gobernante más famoso fue Eochi McErc, a quien la leyenda atribuye la redacción del primer código legal completo de Erín y la restauración de la monarquía, atribuyéndole el carácter de "deber sagrado". El mismo Eochi contaba también con la aquiescencia de los dioses, gracias a lo cual Irlanda disfrutó de abundantes cosechas y fecundas pariciones durante todos los años de su reinado.

–Pero todo ciclo termina y éste no fue una excepción –continuó diciendo Tuan McCarrell–, así que nuevamente caí en la ancianidad y la decrepitud. Mi espíritu estaba triste y mi cuerpo se negaba a realizar las cosas de que antes era capaz, como la de desenterrar las mejores raíces y masticar las sabrosas bellotas que antes me sabían a cerezas.

"Vivía una vida solitaria, recluido en cavernas húmedas y sombrías, ocultas en riscos poco frecuentados, recordando las formas que había tenido anteriormente, hasta que llegó el momento de dirigirme nuevamente hacia mi antigua casa: la hora de una nueva metamorfosis estaba próxima.

"Una vez en el Ulster, ayuné durante tres días con sus noches, como lo había hecho en todas mis transmutaciones anteriores –recordó el anciano guerrero– y, tras aquel ayuno que me dejó al límite de mis fuerzas, me convertí en una enorme y soberbia águila marina, dentro de cuyo cuerpo mi espíritu se sintió nuevamente alegre y lleno de vida. Otra vez fui capaz de todo: volví a experimentar la curiosidad y recobré el carácter activo, y mis nuevas alas me dieron la posibilidad de recorrer a la velocidad del pensamiento todos los cielos de Erín, manteniéndome al tanto de todo lo que sucedía en la Isla Esmeralda.

"Ayer había sido ciervo y jabalí... había formado parte y reinado sobre rebaños enteros de venados y cerdos salvajes... hoy recorría majestuosamente los cielos irlandeses, tan cerca del cielo y de Dios como jamás lograrían estarlo las tropas nemedianas que reptaban y se esforzaban allá abajo, en las anfractuosidades de la tierra, dominadas por los demonios y los fantasmas de su pasado...".[5]

Beothach y los *tuatha de Danann*

"En mi nueva personalidad alada pude ver cómo las huestes de Beothach, hijo de Iarbonell, el profeta, descendían de los cielos para reemplazar, por la fuerza de las armas y las artes mágicas, a los *fir-bolg* en el gobierno de la Isla Esmeralda –continuó luego el señor del castillo–. De Iarbonell y su hijo dilecto descienden los *tuatha de Dannan*, dioses y falsos dioses, a quienes, como es sabido, se remonta el origen de todos los sabios que en Irlanda han sido.

"De estos invencibles y poderosos colonos y guerreros –continuó el narrador–, cuyos conocimientos y su ciencia superior sólo pueden ser explicados por su origen celestial, nacieron los *tuatha de Dannan*.[6]

"Tan pronto como llegaron –recordó Tuan–, los hijos de la diosa Dana entraron en conflicto, tanto con los *fir-bolg*, a los que confinaron al territorio de Connaught, luego de derrotarlos rápidamente gracias a sus armas de hierro, como con los *formoré*, con quienes firmaron una tregua armada.

"Nada de aquello me sorprendió –afirmó el hombre que había sido águila–; la victoria de la llanura de Mag Tured era esperada por todos aquéllos que conocían las tres herramientas mágicas que los *tuatha* trajeron consigo a Erín: la lanza infalible de Lug, que jamás fallaba un golpe, la espada de Nuadha, capaz de traspasar cualquier escudo, y el gran caldero de Dagda, en el cual el hechicero[7] sumergía a los muertos de su ejército, resucitándolos inmediatamente.

"Pero la tregua con los *formoré* se transformaría en un perro que muerde la mano de su amo –sentenció Tuan McCarrell–. Nuadha, quien había quedado manco a causa de una herida sufrida en una batalla con los *fir-bolg*, debió renunciar al trono, obligado por una ley *tuatha* no escrita, que exigía para esa función un hombre sin defectos físicos; en su lugar, y en un intento de reconciliación, el Consejo *tuatha* ofreció el cargo a Bress, cuyo padre había sido un noble *formoré* de nombre Elatha y su madre una princesa *tuatha*".

Al darse cuenta de que habían transcurrido varias horas de narración ininterrumpida, Tuan McCarrell silenció acá su relato para agasajar a sus huéspedes con una opípara cena, tras lo cual todos se retiraron a sus habitaciones, con la promesa, por parte del dueño de casa, de continuar la historia al día siguiente.

–Pronto la avaricia de Bress comenzó a expoliar a los *tuatha* –recomenzó Tuan McCarrell su relato por la mañana, tal como había prometido–, a tal punto que el bardo Coirbre lo satirizó con tanta dureza que la ira del rey le provocó un sarpullido tan virulento que lo desfiguró tanto o más que a Nuadha la pérdida de su brazo. Pero Bress, aun en contra de la ley, no transigió en dejar el trono, y los *tuatha de Dannan* comenzaron a intrigar en secreto contra él, reuniendo armas y preparando sus herramientas mágicas para derrocarlo.

"Siete años invirtieron en sus preparativos –aclaró Tuan–,

tiempo durante el cual el druida-médico Cyan, en asociación con Scatagh,[8] la diosa-herrera, restauró la mano faltante de Nuadha, reemplazándola por una extremidad de plata con la que podía desempeñarse y luchar aún mejor que con el original. Con el apoyo de esta prótesis, Nuadha, "el de la Mano de Plata", como se lo llamó, pudo reclamar –y recuperar– su posición en el auténtico trono de los *tuatha*.

"Sin embargo, en contra de todo lo previsible, Nuadha no permaneció en el trono largo tiempo: tan pronto como llegó a Tara (morada de la diosa Dana y capital del reino), abdicó intempestivamente en favor de un nuevo héroe, quien asumió el trono de Erín y contrajo así el compromiso de conducir a los *tuatha* a la victoria. El nombre de este nuevo rey –agregó el narrador– era Lugh, hijo del druida Cyan y su esposa Eithné, irónicamente, hija de Balor, antiguo rey de los *formoré*".

Cabe destacar aquí que la identidad del nuevo rey había sido celosamente mantenida en secreto, porque su abuelo Balor había recibido una vez una profecía según la cual uno de sus nietos lo mataría y, en previsión de ello, pretendía asesinar a la mayor cantidad de aspirantes posibles.

–Sin embargo, cuando Lugh llegó a la adolescencia, ya convertido en un guerrero hecho y derecho –reveló Tuan–, su padre le contó su herencia y lo envió a buscar fortuna a la corte del rey Nuadha. Pero, una vez en Tara, Lugh tuvo ciertas dificultades para poder entrar en palacio, ya que el guardián de la entrada le informó que, para poder ingresar, debería tener un oficio o una habilidad específica que resultara útil para la corte. El muchacho le preguntó entonces, sucesivamente, si tenían un herrero, un orfebre, un carpintero, un músico, un poeta, un druida, o un guerrero, a lo cual el soldado fue respondiendo que tenían al menos uno, hasta que, finalment, Lugh preguntó: "¿Y tenéis a alguien capaz de cumplir todas estas funciones a la vez?". Ante lo cual, impresionado, el guardia le permitió el acceso.

"Poco después, cuando Lugh llegó al salón del trono, su noble figura impresionó de tal forma a Nuadha que, a los pocos días, le cedía su lugar como rey de Tara.

"Una vez instalado sólidamente en el trono, Lugh se reunió nuevamente con su padre y ambos se dispusieron a planear la futura lucha contra los *formoré*; el anciano druida no sólo se encargaba de diseñar nuevas e invencibles armas mágicas, sino que impuso diversos encantamientos druídicos a los guerreros enemigos, provocándoles severos trastornos físicos, como impedirles orinar o hacer que sus alimentos se llenaran de gusanos.

"Con estos recursos mágicos a su favor –explicó Tuan–, no es de extrañar que los acontecimientos se precipitaran, y pronto los *tuatha* y los *formoré* se encontraron frente a frente para la batalla final, curiosamente en el mismo lugar en que los primeros habían vencido a los *fir-bolg*: la pradera de Mag Tured.

"Tal como sucede invariablemente en las batallas legendarias, el choque fue apocalíptico y la matanza tremenda para ambas partes, hasta que Lugh, quien recorría el campo de batalla alentando a sus tropas, se encontró frente a frente con su abuelo materno: el rey Balog, jefe supremo de los *formoré*.

"La imagen de Balor era terrorífica –describió el narrador–, bañado de la cabeza a los pies en sangre propia y ajena y con una enorme cabeza en el centro de la cual centelleaba un mortífero ojo único, cuyo párpado era tan pesado que hacían falta cuatro hombres para levantarlo: donde quiera que dirigía su mirada, los hombres morían entre convulsiones; tal como Lugh lo había previsto, el resultado de la batalla dependía de la destrucción de aquel ojo fatídico.

"Consciente de su propia responsabilidad y arriesgando su propia vida, Lugh emitió un poderoso grito de guerra para atraer la atención de Balor, de modo que éste y sus cuatro levantadores de párpado tuvieran que volverse hacia él; mientras lo hacían, el joven rey levantaba con los pies la lanza mágica llamada *ghalad bolg*,[9] que salió disparada con tanta fuerza que, después de atravesar de parte a parte el ojo y la cabeza de Balor, mató a varios cientos de guerreros *formoré* que se encontraban a sus espaldas.[10]

"Aquél fue el fin de la batalla de Mag Tured –sentenció Tuan McCarrell–; las hordas *formoré* abandonaron el campo de batalla presas del pánico y se exiliaron de Erín, para nunca más volver.

"Siempre en mi papel de águila– evocó luego el señor feudal–, pude presenciar, años más tarde, el desembarco de los *milesios*, quienes ingresaron a la Isla Esmeralda por un lugar llamado Ihbhear Sceine, supuestamente procedentes de Iberia".[11]

El caso es que los nuevos invasores, marchando bajo el mando del guerrero-druida-bardo Amhairghin, llegaron hasta las puertas mismas de Tara, exigiendo la rendición de los *tuatha de Dannan*; éstos, intentando ganar tiempo, pidieron a los *goidels* que se

retiraran a sus naves y navegaran hasta "más allá de la novena ola a partir de la orilla",[12] tras lo cual, al regresar Amhairghin a Tara, la ciudad le sería entregada sin condiciones.

–Así lo hicieron los invasores –explicó Tuan– pero, una vez que se encontraron en el mar, los magos de los *tuatha* desencadenaron un fuerte viento de tierra que, con la violencia de un huracán, les impidió el regreso a Erín durante largo tiempo. Finalmente, comprendiendo que habían sido engañados, los hechiceros *goidels*, con Amhairghin a la cabeza, conjuraron el hechizo y regresaron a Tara, pero sólo para encontrar la ciudad vacía, sin rastros de los *tuatha de Dannan*, que habían desaparecido misteriosamente.

"Nunca se supo a ciencia cierta el paradero de los *tuatha*, y yo conservé mi forma de águila hasta el momento en que, acurrucado en el hueco de un árbol, ayuné durante nueve días –reinició el relato Tuan McCarrell, después de un descanso reparador– y desperté al décimo transformado en salmón. A partir de ese momento, el río y el mar fueron mi hogar, y en el agua me sentí de nuevo bien, activo y satisfecho. Sin embargo, Dios, mi protector, decidió un día que ese dichoso destino debía llegar a su fin y me hizo caer en la red de uno de los pescadores de Carrell, por entonces rey de este país.

"Recuerdo ese día como si fuera hoy –comentó el señor-guerrero–; el pescador me llevó a la mujer de Carrell, quien me asó en su parrilla y me comió entero, de tal forma que, en poco tiempo, me encontré en su vientre. Recuerdo perfectamente el tiempo que pasé en su estómago, escuchando las conversaciones sostenidas en la casa, y los acontecimientos que por entonces se desarrollaban en Erín.

"Pero el proceso siguió su curso, y a los nueve meses salí al mundo y poco después empecé a hablar como hace la gente; pero la gran diferencia era que yo conocía todo cúanto había sucedido en Irlanda desde sus mismos comienzos. Fui profeta y, poco tiempo después de que San Patricio comenzara a difundir la fe cristiana en Erín, fui bautizado como Tuan, hijo de Carrell, y creí en el Creador del mundo, omnipotente y omnipresente Rey de toda la creación".

Tuan guardó silencio y sus oyentes le agradecieron sinceramente que les hubiera relatado su historia, que era, a su vez, la historia de Irlanda. Al término del emotivo y enriquecedor relato, Finnen y los demás clérigos permanecieron en el castillo durante

una semana más, durante la cual aprovecharon para conversar individualmente con él, cada uno de ellos ansioso por conocer distintos pormenores de su narración. Al igual que San Patricio algunos años antes, los monjes se mostraban ansiosos de formular todas las preguntas que planteaba la antigua historia no escrita de Erín y que Tuan McCarrell era el único que podía responder.

Después de San Patricio, fue San Colombano quien se entrevistó con Tuan y éste le contó las mismas cosas; más tarde aún, cuando relató a Finnen las historias que hemos contado aquí, el clérigo se encontraba rodeado por gran cantidad de testigos, novicios del monasterio, todos ellos de origen irlandés. Esto asegura la verosimilitud del relato, que, posteriormente, fue manuscrito a partir de las relaciones de varios de esos testigos presenciales de la narración de Tuan McCarrell.

EL CICLO DEL ULSTER
O DE CONNOR MCNESSA

EL JOVEN CVCHVLAINN

i bien –como es constante en las leyendas celtas– no se han conservado registros exactos de las fechas en que se desarrollaron las acciones del llamado "ciclo del Ulster", sí se sabe que todas ellas tuvieron lugar dentro del reinado de Connor (fonéticamente, Conahar) McNessa, por lo que deben ubicarse antes de la cuarta década de la Era Cristiana, fecha asumida de la muerte del joven rey.

Por otra parte, los rasgos costumbristas, ropas, vehículos y armas de guerra, etc. mencionados tanto en el *Leabhar Gabhalla* como en el *Dunn Cow*, tipifican el período La Tene, cuya etapa final encaja perfectamente dentro de la época especificada; esto indicaría también que las hazañas de CuChulainn (fonéticamente Cu-ju-linn) serían contemporáneas de la llegada del cristianismo a las tierras de Erín.

El héroe máximo de la raza celta, posteriormente rebautizado CuChulainn, nació durante el reinado del primer Soberano de Todos los Reinos de Erín, Connor McNessa, en la región próxima al río Boyne, en el reino del Ulster.

En realidad, el rey Connor había accedido al trono de una forma no del todo ortodoxa, ya que, ante la muerte del gigante Fachtna, anterior rey del Ulster, lo sucedió en el trono su medio hermano Fergus, quien estaba secretamente enamorado de la esposa de Fachtna, Nessa, hija de Echid Gwrruagh ("Talón amarillo") y madre de Connor.

Al morir su medio hermano, Fergus propone matrimonio a

Nessa, pero ésta le impone, como condición para aceptarlo, que permita que su hijo Connor reine por un año, para que sus futuros nietos puedan ser recordados como hijos de un rey.[1] Fergus acepta y Connor sube al trono, pero su mandato resultó tan próspero y beneficioso para el Ulster que el pueblo lo obligó a permanecer en el cargo, con gran beneplácito de su medio tío, que era más afecto a la vida cortesana y las expediciones de caza que a las tareas de gobierno.

El nacimiento de un héroe

Sería imposible aquí pretender narrar todas las hazañas del héroe de los *ulates* (habitantes del Ulster), ya que sólo sus hechos de guerra se distribuyen en más de setenta relatos diferentes, algunos de los cuales constan de varias versiones que difieren considerablemente entre sí. Por lo tanto, mencionaremos aquí las leyendas más difundidas sobre sus hazañas, tratando de mantener la secuencia coherente de una vida épica, plena de episodios bélicos y de servicio a su rey, a su gente y a la tierra que lo vio nacer.

Cuenta la leyenda que la doncella Dectera, hija de Cathbad, uno de los más destacados nobles de la corte de Connor McNessa, desapareció un día, junto con otras cincuenta jóvenes vírgenes, y durante más de dos años ninguna búsqueda fue suficiente para descubrir su paradero ni quién las había secuestrado.

Ya hacía tiempo que había cesado la búsqueda de las vírgenes desaparecidas, cuando un día en que los grandes señores del Ulster se encontraban en una partida de caza –entretenimiento principal de la nobleza en los tiempos de paz–, vieron posarse sobre una llanura vecina a Emain Macha, capital de la provincia, una bandada de pájaros de extraña conducta, ya que devoraban las plantas y la hierba de los prados sin dejar siquiera las raíces.

Preocupados por el daño que aquellas aves podrían hacer si caían sobre los sembrados, los nobles decidieron cazarlas, por lo que comenzaron a perseguirlas con sus carros, lanzándoles venablos y piedras con sus hondas, ya que los arcos no existían por aquellas épocas.

Nueve fueron los carros que partieron en persecución de las aves, marchando al frente de ellos el del propio rey y, en los restantes, los principales guerreros del Ulster: Connall Cernatch,

por aquel entonces mano derecha del monarca, Fergus McRoig, Celtchar McUithetchar, Bricrui Nemthenga ("El de la lengua bífida") y otros destacados cortesanos de Emain Macha.

A campo traviesa, atravesando arroyos y pequeños bosques, los nobles persiguieron a los pájaros durante todo el día, observándolos mientras lo hacían. Pronto notaron que se trataba de aves muy extrañas, ya que volaban divididas en nueve grupos, cantando mientras lo hacían, y cada grupo, integrado por veinte pájaros, era guiado por una pareja sujeta entre sí por un delgado yugo de plata, mientras que los demás también estaban unidos por parejas, pero con delgadas cadenas del mismo metal.

Sin embargo, llegó la noche sin que los cazadores hubieran podido dar alcance a los pájaros y mucho menos capturar alguno, por lo que el rey Connor ordenó desenjaezar los caballos, agotados por la carrera, y envió a Conall Cernatch y Bricriu Nemthenga a buscar un refugio donde pernoctar a salvo de la nevada que había comenzado a caer. Para ello, los dos nobles marcharon siguiendo la ribera del Boyne, hasta llegar a las cercanías del Brug na Boyne,[2] donde descubrieron una humilde choza que parecía muy pobre y parcialmente destruida. Sin embargo, viendo que pronto sería ya noche cerrada, los exploradores se acercaron a la cabaña, siendo recibidos por un hombre joven, de encantadora apariencia, junto al cual se encontraba una hermosa dama –su esposa, como se supo más tarde–, quienes salieron a la puerta a recibir a los enviados, aceptando de buena gana compartir por aquella noche con el rey su humilde morada. Sin otro comentario, los nobles volvieron junto al grupo e informaron al rey lo que habían descubierto, comentándole que la casa quizás no fuera digna de él, pero que siempre sería mejor que pasar la noche al raso.

Pero la primera sorpresa se produjo cuando la comitiva cruzó la puerta de la cabaña y la pequeña habitación que se adivinaba desde afuera se convirtió en un verdadero castillo, con su correspondiente salón de banquetes, aposentos, cocinas y hasta establos para sus carros y sus caballos.[3] Pero la sorpresa fue mayor aún cuando el rey reconoció en la joven a la hermosa Dectera, en su esposo a Lugh, el del Largo Brazo,[4] hijo de Ethlinn, y en las doncellas que los acompañaban, a las cincuenta vírgenes que habían desaparecido con la joven.

La velada pasó sin más incidentes, entre amenas conversaciones, risas y una opípara cena, hasta que llegó el momento de retirarse a descansar.

Sin embargo, un motivo más de asombro llegaría para los nobles a la mañana siguiente cuando, al despertarse, se encontraron yaciendo sobre la hierba, ya que tanto el lujoso salón, como la pareja, las doncellas y hasta el mismo castillo habían desaparecido y, en su lugar, sólo podía verse un reducido pabellón, dentro del cual había una pequeña cuna y en ella un niño. Era el regalo que Dectera hacía al pueblo del Ulster, a través de su rey, Connor McNessa, para lo cual lo había atraído, con el señuelo de los pájaros, hasta el mágico *sidh*[5] de Brug na Boyne.

El niño fue llevado por los nobles hasta el palacio real y entregado a Finchaum, la hermana de Dectera, quien lo aceptó de buena gana y lo bautizó Setanta, aunque para esa época se hallaba criando a su propio hijo, Conall. Y aunque él no podía agradecerlo ni comprenderlo, el monarca concedió a la madre adoptiva una extensa zona que recibía el nombre de Llanura de Murthemney, en el condado de Meath, al norte del Ulster, que abarcaba desde Usna hasta Dundalk, ciudad en la que posteriormente establecería su vivienda y su fortaleza.

También se cuenta que el archidruida Morann, cuando se enteró de su llegada, profetizó:

"Sus hazañas le ganarán el aprecio de los hombres y estarán en las bocas de todos. Reyes, sabios, guerreros y aurigas cantarán sus alabanzas, pues este niño vengará las injusticias que los afligen, luchará en sus combates y paliará sus necesidades".

El "Mastín de Cullainn"

Y cuando Setanta tuvo edad suficiente para comenzar su aprendizaje de guerrero, junto a los hijos de príncipes y señores, se dirigió voluntariamente a la corte de Connor McNessa, donde tuvo lugar el incidente que le dio el nombre de CuChulainn, por el cual se lo conoció de allí en adelante.

Todo se inició una noche en que el rey Connor y sus caballeros más notables debían concurrir a una fiesta a realizarse en el *dun* (castillo) de un adinerado herrero llamado Cullainn, en la región de Quelny donde, además, tenían planeado pasar la noche. Junto a los nobles concurrirían asimismo los aprendices recién incorporados, pero Setanta, quien también estaba invitado, se encontraba participando en un partido de *hurling*, por lo que solicitó permiso al rey para seguirlos más tarde, cuando finalizara el juego.

El séquito real arribó a su destino cuando ya estaba anocheciendo, y de inmediato fueron recibidos por el herrero, cuya hospitalidad quedó plenamente demostrada en el gran salón, donde comieron y bebieron, mientras los criados cerraban los aposentos interiores, dejando afuera a un enorme y salvaje dogo alsaciano, bajo cuya protección quedaba todas las noches el *dun*, cuyos habitantes se sentían tan tranquilos como si estuvieran rodeados por un ejército.

Pero, en medio de la algarabía de la fiesta, nadie recordó a Setanta hasta que, en medio de las risas y la música, se oyó el estremecedor gruñido del mastín de Cullainn (que había advertido la presencia de un extraño) que pronto se transformó en el estruendo de un combate a brazo partido, cuyo estremecedor crescendo culminó repentinamente en un silencio ominoso. Y cuando los asombrados espectadores lograron finalmente abrir las puertas, a la luz de las antorchas se recortó la figura de un joven de corta edad, agachado sobre el cadáver del fiero dogo tendido a sus pies.

Aunque todo estaba perfectamente claro, un atribulado Setanta quiso explicar lo sucedido:

–No lo vi hasta que se me echó encima, y entonces sólo tuve tiempo para aferrarlo del cuello y estrellarlo contra el muro, hasta que murió. Lo lamento sinceramente, pero no pude hacer otra cosa.

Viendo que el incidente no había pasado a mayores, los nobles se mostraron distendidos y contentos, pero pronto cambiaron de actitud al ver a su anfitrión guardando un silencio triste y compungido, mientras se inclinaba sobre el cuerpo de su antiguo amigo, muerto en defensa suya y de su casa.

–Realmente siento haber tenido que matar a tu perro, Cullain. Entrégame un cachorro suyo y me comprometo a entrenarlo para que llegue a ser tan valiente como su padre. Y mientras tanto, ¡yo mismo cuidaré de tu casa, como ningún perro podría hacerlo jamás!

Cullainn agradeció un ofrecimiento que sabía sincero, y todo el séquito de nobles aplaudió la salida de Setanta quien, desde ese instante, quedó rebautizado con el nombre de CuChulainn, que significa, literalmente, "el Mastín de Cullainn".

Algunos años más tarde, cuando se acercaba el tiempo en que debía tomar las armas de la edad adulta, CuChulainn acertó a pasar un día por un paraje del bosque donde Cathbad, uno de los druidas más considerados de la región, enseñaba a algunos de sus *filidh*[6] el arte de la adivinación mediante las hojas del roble.

–Druida –preguntó en ese preciso momento uno de los aspirantes–, ¿para qué tipo de empresa resultará favorable el día de hoy?

Y el maestro, arrojando al aire algunas hojas de roble, observó su vuelo, consultó las posiciones en que habían caído y respondió:

–El joven guerrero que tome hoy sus armas de la edad adulta será famoso entre todos los hombres del Ulster y de Erín por sus proezas, y si bien su vida será breve, resplandecerá con el fulgor de una estrella fugaz.

CuChulainn no pareció darse por enterado de haber oído las palabras, pero marchó directamente a ver al rey Connor McNessa.

–¿Qué deseas? –preguntó el soberano.

–Tomar las armas de la edad adulta –respondió CuChulainn sin dudar un instante.

–Que así sea, entonces –accedió el rey, entregándole dos robustas lanzas.

Pero el joven aspirante a guerrero, tomando las armas en sus manos las quebró con un solo movimiento de sus muñecas, como si fueran simples ramillas de sauce. Y lo mismo hizo con todas las que le presentaron y con los carros de combate que le ofrecieron para que los condujera, y que él rompió a puntapiés, demostrando tanto la fragilidad de los elementos como la fortaleza de sus músculos. Hasta que finalmente, le presentaron el carro de guerra y las dos lanzas del propio rey, con los cuales quedó satisfecho al ver que no podía romperlos.

A medida que se entrenaba con sus nuevas armas y tomaba parte (y ganaba) en cuanto concurso de destreza con las armas se organizaba, su cuerpo joven fue tomando la contextura del de un atleta, hasta que, al llegar a la mayoría de edad, resultaba tan atractivo a todas las doncellas y matronas del Ulster, que el Consejo de Ancianos le sugirió que tomara una esposa. Pero pasaron los meses sin que encontrara ninguna doncella que le agradara, hasta que en un banquete de la casa real conoció a la hermosa y codiciada Ehmet, hija de Forgall, señor de Lugach, y su joven y ardiente corazón se inflamó de pasión por ella, a tal punto que de inmediato decidió pedirla en matrimonio. Y con ese propósito, al día siguiente hizo enganchar su carro y, acompañado por Laeg, su amigo y auriga, se dirigió sin demoras al *dun* de Forgall.

Pero mientras él se acercaba, la hermosa Ehmet se encontraba en la balaustrada de una de las torres, departiendo graciosamente con su comitiva de doncellas de la corte, hijas de los nobles súbditos de su padre, y enseñándoles los secretos del bordado, ya que ninguna dama de la corte osaba competir con ella en ese arte. Algo más lejos, sentada sobre un canapé y con los enseres de costura sobre el regazo, su madre Fredia la contemplaba con orgullo, sabedora de que su hija, a pesar de su temprana edad, poseía ya los seis dones de la mujer madura: el don de la belleza, el de la conversación ponderada, el de la voz dulce, el de la aguja, el de la sabiduría reservada y el más importante de todos, el don de la castidad y la pureza de pensamientos.

Pero los pensamientos halagüeños de Fredia pronto se vieron interrumpidos por el estruendo de un carro de guerra que se acercaba por el camino de Math y, reuniéndose madre e hija junto a una de las almenas, enviaron a una de las damas de compañía a la muralla, a ver quién era el que se aproximaba sin haberse hecho anunciar previamente.

–Se acerca un carro de guerra –anunció la criada– tirado por dos briosos potros, negros como la noche; ambos echan fuego por los ollares y sus poderosos cascos levantan trozos de tierra tan grandes como cabezas humanas. En el carro viajan dos hombres; uno de ellos parece ser el hombre más atractivo de todo Erín, pero su expresión es melancólica y su boca parece esbozar un rictus de tristeza. Va vestido con una túnica blanca como la nieve y envuelto en un manto carmesí sujeto con el broche de oro más hermoso que he visto en mi vida. A su espalda cuelga un escudo del mismo color que el manto, con un dragón de plata labrado en su centro y un reborde del mismo metal. Conduciendo el carro, como su auriga, viene un hombre alto, esbelto y pecoso, con el pelo rojo y rizado cubierto por un casco de reluciente bronce, tachonado por rodeles de oro sobre ambos lados del rostro.

Cuando, finalmente, el carro se detuvo en el patio interior del castillo, Ehmet se acercó a saludar a CuChulainn, pero cuando éste le reveló que la razón de su presencia allí era el amor que sentía por ella, la doncella le explicó el rígido control que su padre ejercía sobre su vida, y le mencionó la fuerza y la destreza de los campeones que el señor de Forgall había dispuesto que la guardaran día y noche, para evitar que se casara contra la voluntad paterna. Y cuando él, presionado por sus anhelos, insistió en sus requerimientos, ella le respondió:

–No puedo desposarme antes que mi hermana Fiall, ya que ella es mayor que yo, y ésas son las reglas de la familia.

–No me interesaría por ella ni aun siendo la única mujer en el mundo –respondió de inmediato CuChulainn–. No es a ella a quien amo, sino a vos. –Pero mientras ellos hablaban, los ojos del joven descendieron hasta la nívea piel que dejaba entrever, pudorosa pero sugestivamente, el escote de la túnica, y sus inflamadas palabras brotaron incontenibles–: ¡Mía será esa llanura, la dulce y mágica llanura que conduce al valle de la doble esclavitud!

–Nadie llega a esta llanura sin antes haber cumplido con sus deberes, y los vuestros aún están por comenzar a ser cumplidos –fue la cauta pero no desalentadora réplica de la dulce Ehmet.

Ante estas palabras, CuChulainn ordenó a su auriga dar media vuelta los caballos, y ambos regresaron a Emain Macha.

El despertar del guerrero

Las palabras de la doncella calaron muy hondo en el espíritu del joven guerrero, quien al día siguiente ya se encontraba listo para iniciar su preparación para la guerra y las hazañas heroicas que Ehmet le había pedido que realizara. Recordando las conversaciones con sus compañeros de armas y con sus mentores en las artes bélicas, volvieron a su mente las menciones a una poderosa mujer guerrera, de nombre Scatagh,[7] que vivía en la Isla de las Sombras y preparaba a los jóvenes que acudían a verla para que pudieran acometer grandes empresas bélicas y hechos de armas de todo tipo.

Sin pérdida de tiempo CuChulainn salió en busca de la diosa guerrera, para lo cual debió enfrentar, desde el comienzo mismo de su viaje, graves peligros, cruzando bosques encantados, llanos gélidos y tórridos desiertos, hasta que, al llegar a la llanura de Iall-Fedhuc (Mala Suerte), se vio detenido por interminables ciénagas de pestilente lodo que inmovilizaba sus pies y elevados riscos resbaladizos donde sus manos no podían afirmarse.

Agotado por los sucesivos e inútiles esfuerzos y ya a punto de darse por vencido, alcanzó a distinguir, a corta distancia de donde se encontraba, la imagen de un hombre joven y apuesto,[8] cuya visión, luminosa como el sol naciente, puso nuevas energías en su corazón. Sin que el joven se lo pidiera, el recién llegado le entregó una rueda de madera, indicándole que, cuando tuviera dudas respecto del camino a seguir, la hiciera rodar delante de él y la siguiera, sin apartarse del camino que ella le marcara.

Animado por una nueva esperanza, CuChulainn puso en práctica los consejos del luminoso desconocido, viendo que el artefacto comenzaba a girar y, desde su eje, brotaban rayos centelleantes que consolidaban el camino a su paso, al tiempo que lo guiaban en los tramos más oscuros del camino. Así, siguiendo la rueda, logró salir del peligroso llano de Iall-Fedhuc y, luego de vencer a las indescriptibles bestias del Desfiladero Peligroso, se encontró frente mismo a la entrada del Puente Infranqueable, más allá del cual se levantaba el castillo de la diosa guerrera.

Allí, agrupados en el extremo más cercano del puente, pudo ver a muchos hijos de los príncipes de Erín, que habían acudido a aprender de Scatagh las artes de la guerra, y entre ellos se encontraba su amigo Ferdia, hijo del *fir-bolg* Damoinn. Al reconocerlo, varios de ellos se acercaron a pedirle noticias de Irlanda, y cuando CuChulainn se las hubo contado, pidió a Ferdia que le explicara la forma de cruzar el puente, ya que éste se veía muy estrecho, inseguro y elevado, a lo que éste le respondió:

–Ninguno de nosotros ha cruzado este puente aún, pues las dos proezas que Scatagh enseña en último término son, precisamente, la forma de cruzar el puente y el lanzamiento de la temible *ghalad bolg*.[9] Para cruzar el Puente Infranqueable deberás esperar a que ella te llame, pues si pisas más acá de la mitad del puente, éste inmediatamente se levanta y te devuelve a la orilla, y si intentas saltar sobre él y no llegas a la otra margen, se agita de tal forma que te hace caer directamente en las fauces de los monstruos que esperan debajo, en el río de lava.

Pero la impaciencia de CuChulainn no le permitió esperar demasiado tiempo, y apenas hubo descansado de su largo viaje, intentó la proeza que ninguno de sus amigos había osado enfrentar. Ante la mirada sorprendida de los príncipes, en el cuarto intento, después de haber sido rechazado en los tres primeros, se encontró en el centro del puente y en uno más lo había cruzado, irguiéndose orgulloso frente a la puerta de la fortaleza de Scatagh. En ella, asombrada por la hazaña, pero sonriendo con satisfacción por lo que había presenciado, se encontraba la diosa, quien inmediatamente lo tomó bajo su tutela, como su alumno predilecto.

Un año y un día permaneció CuChulainn en el feudo de la diosa guerrera, aprendiendo con facilidad todos los hechos de guerra que ella le enseñó, hasta que, finalmente, le demostró el manejo de la letal *ghalad bolg*, obsequiándole una de aquellas mortales lanzas, que ella misma, y sólo ella, podía construir en su fragua mágica.

–Tómala, es tuya –le dijo al entregársela–; fue el arma predilecta de tu verdadero padre Lugh Lamfada, y es la misma que yo fragüé para que la utilizara en la batalla contra los *formoré,* y con la que ultimó al cíclope Balor y definió la batalla de Mag Tured.

Una de las primeras hazañas guerreras en que CuChulainn tomó parte activa ocurrió, precisamente, mientras se encontraba aún en la Tierra de las Sombras. Sucedió que la diosa Scatagh se encontraba en guerra con su vecina, la princesa Aiffa, considerada como una de las mujeres-guerreras más fuertes del mundo, razón por la que Scatagh había postergado hasta ese momento el enfrentamiento armado, pues no quería arriesgar las vidas de sus hombres ni la suya propia en combates inútiles y carentes de fundamento.

Pero ante las repetidas agresiones y desafíos de Aiffa, Scatagh no pudo dilatar más el enfrentamiento, y en la primera de las batallas CuChulainn y los dos hijos de la diosa-guerrera mataron a seis de los soldados más fuertes de su enemiga, razón por la cual ésta, enfurecida, la retó a un combate personal.

Sin embargo, CuChulainn, que había sido uno de los responsables de aquel desafío, lo tomó como cosa propia y declaró que él iría en representación de su maestra, para lo cual quiso saber cuáles eran los puntos débiles de su enemiga, a lo cual Scatagh respondió:

–Las cosas que Aiffa más ama en su vida son sus dos caballos de guerra, su carro y su auriga.

A la mañana siguiente, CuChulainn y Aiffa se enfrentaron en combate a muerte y lucharon toda la mañana y la tarde con diferentes alternativas, aunque sin sacarse una ventaja visible uno al otro. Hasta que, ya próximo el atardecer, un golpe afortunado de la amazona quebró la espada del joven a la altura del puño, dejándolo inerme frente al despiadado ataque de Aiffa. CuChulainn retrocedió ante la furia de la mujer defendiéndose como podía, hasta que, mirando más allá de su enemiga, gritó:

    –¡Mirad! ¡El carro y los caballos de Aiffa se despeñan por el risco, arrastrando el cuerpo de su auriga!

    Instantáneamente, ella detuvo su ataque para mirar a su alrededor, momento en que el joven guerrero aprovechó para atraparla por la cintura y apoyar una daga en su cuello, amenazándola con degollarla si no aceptaba sus condiciones. Imposibilitada de defenderse e impresionada por la sagacidad y la destreza del joven, la reina guerrera suplicó por su vida, a lo que CuChulainn replicó:

–Respetaré tu vida si haces las paces con Scatagh y devuelves los rehenes que tienes prisioneros en tu castillo –a lo que Aiffa accedió de buena gana, ya que se había enamorado perdidamente del joven, y desde ese instante CuChulainn y ella fueron no sólo amigos y compañeros de armas, sino también amantes.

Pero el espíritu inquieto y aventurero de CuChulainn no le permitía permanecer estático durante mucho tiempo, por lo que, al año y un día exactamente, decidió dejar la Tierra de las Sombras, aunque no sin antes entregar a Aiffa, quien se encontraba embarazada de un hijo suyo, un anillo de oro, diciéndole:

–Si el hijo mío que llevas en tus entrañas resultase un varón, le impondrás como *geis*[10] que nunca trate de destacarse injustamente por la fuerza de las armas, que jamás se deje intimidar por hombre alguno y que nunca rechace un combate. Cuando nazca, bautízalo con el nombre de Connla y envíalo a que se reúna conmigo en Erín, tan pronto como su dedo llene el anillo que te dejo.

Y con estas palabras de despedida, CuChulainn se marchó de las tierras de Aiffa, a quien nunca volvería a ver y que, a su debido tiempo, se convirtió en la madre de su único hijo, a quien el héroe mataría con sus propias manos algunos años más tarde.

El regreso del guerrero

Una vez concluido su período de aprendizaje con Scatagh, CuChulainn emprendió su regreso a Erín, ansioso por demostrar su valor y ganar de esa forma su camino hacia el corazón de su amada Ehmet. De modo que ordenó a su auriga que enjaezara los caballos y los encaminara hacia la frontera entre Connaught y Ulster, ya que era de todos sabido que en esa zona limítrofe los combates por cuestiones territoriales estaban siempre a la orden del día.

Siguiendo sus indicaciones, el auriga dirigió los caballos primero hacia White Cairn, el pico más alto de los Montes Bourne, y ambos pudieron contemplar a lo lejos sus añoradas tierras del Ulster, sonriéndoles desde los lejanos valles inferiores. Luego se encaminaron hacia el sur, deteniéndose a ver los Llanos de Bregia, mientras el auriga le señalaba las colinas de Tara y Teltin, el sepulcro de Brug na Boyne y la fortaleza de los hijos de Nechtan, ante cuya vista CuChulainn preguntó al auriga:

–¿Son ésos los mismos hijos de Nechtan de los que se dice que han matado a innumerables guerreros del Uster, pero que, aún así, todavía están vivos?

–Los mismos –contestó su acompañante, ante lo cual CuChulainn ordenó:

–Entonces vayamos hacia allá; quiero encontrarme con ellos personalmente.

Sin ocultar su disgusto, el auriga condujo los caballos hacia la fortaleza de los hijos de Nechtan, pero en el prado, antes de llegar a ella, encontraron un enorme mojón de piedra rodeado por un collar de bronce que mostraba una escritura en caracteres *ogham* que rezaba textualmente:

"A todo aquel hombre en edad de portar armas que ingrese a estas tierras, se le impone el *geis* de salir de ellas sin haber retado a un combate personal a ninguno de los habitantes del *dun*".

Al leer esto, CuChulainn montó en cólera, abrazó fuertemente el pilar y haciéndolo oscilar con violencia, lo arrancó de su sitio, arrojándolo luego a las aguas de un torrente cercano. Al verlo hacer eso, el auriga comentó irónicamente:

–No cabe duda, por tu actitud, de que estáis buscando una muerte violenta, y puedes estar seguro de que no demorarás en hallarla.

Como si las palabras del hombre lo hubieran convocado, Foil, hijo de Nechtan, llegó directamente desde la fortaleza y contemplando a CuChulainn, a quien tomó por un joven imberbe, se sintió tentado a ignorar su actitud, pero éste, firme en su posición, le dijo:

–Os ruego que vayáis a buscar vuestras armas, porque yo no mato sirvientes, mensajeros ni hombres desarmados.

Foil regresó a la fortaleza, momento en que el auriga aprovechó para explicarle a CuChulainn:

–No podréis matarlo, ya que es invulnerable, por estar protegido por un hechizo, contra toda arma de hoja o de punta.

Al oír aquello, el joven guerrero colocó en su honda una pesada bola de acero templado, y cuando Foil apareció de regreso del castillo, la disparó contra él con tal violencia que el proyectil le atravesó limpiamente el cráneo, matándolo instantáneamente. A continuación, CuChulainn recogió su cabeza y la colgó al frente de su carro de guerra, dirigiéndose de inmediato hacia la fortaleza, con la intención de enfrentar a los restantes hijos de Nechtan. Pero éstos, al ver lo sucedido con su hermano mayor, huyeron cobardemente, dejando el *dun* en manos de su vencedor.

Ante aquella cobarde huida, los defensores de la fortaleza también depusieron sus armas, y el joven atacante pudo llenar su carro con el botín de los triunfadores, dejando el castillo en manos de sus habitantes, y regresar directamente hacia el *dun* del señor Forgall, donde solicitó la mano de la princesa Ehmet, no sin antes abonar, como lo indicaba la costumbre, la dote correspondiente a la hermana mayor, Fiall.

Y así, Ehmet fue conquistada como ella lo desaba, y CuChulainn la llevó inmediatamente a Emain Macha y la hizo su esposa, y ya sólo la muerte logró separarlos.

Una segunda versión de la leyenda[11] afirma que:

Una vez que CuChulainn hubo matado al primero de los hermanos, los restantes salieron uno a uno a desafiarlo, y uno a uno fueron muertos por el joven, por lanza o espada, hasta que la fortaleza quedó íntegramente en sus manos, así que recogió su botín de vencedor, incendió el *dun* y marchó exultante hacia el Ulster.

Sin embargo, aquel combate desigual había desatado nuevamente en él su *qwarragh mawn*,[12] y ya no podía detenerse. En su camino encontró una bandada de gansos salvajes, y a dieciocho de ellos los cazó vivos con su honda, atándolos por las patas a su carro; más adelante divisó una manada de ciervos y, ante la imposibilidad de sus caballos de darles alcance, bajó del carro y los persiguió a pie, cazando dos grandes machos que fueron a engrosar su botín de guerra.

Pero para entonces ya había llegado a la vista de los centinelas de Emain Macha, y un vigía del rey Connor McNessa fue corriendo a notificar al rey de que algo extraño estaba sucediendo fuera de las murallas:

–Majestad, un carro de guerra solitario se está aproximando al castillo; a su alrededor vuela una veintena de pájaros salvajes blancos y lleva atados a sus costados los cadáveres de dos ciervos y las cabezas ensangrentadas de al menos cinco enemigos.

Subiendo a las almenas, Connor reconoció el carro de guerra de CuChulainn y se dio cuenta de que el joven aún estaba en las garras de la *qwarragh mawn*, por lo que ordenó que un grupo de mujeres fueran a su encuentro, llevando una tina y varios odres con agua helada. También envió un contingente de hombres, amigos del joven, a los que sabía que éste no atacaría sin una verdadera razón. Una vez que llegaron junto a él, los hombres lo sujetaron y lo despojaron de sus vestiduras, mientras las mujeres emanias llenaban la tina con el agua helada, donde fue sumergido.

La operación debió ser repetida varias veces, pero poco a poco la furia bélica fue retrocediendo, hasta que CuChulainn, profundamente avergonzado, se recuperó lo suficiente como para acudir a un banquete en su honor, servido en el salón de banquetes del castillo real.

Al día siguiente, CuChulainn marchó hacia el *dun* de Forgall el Astuto, padre de Ehmet, saltó la elevada muralla como había aprendido en el feudo de Scatagh, y enfrentó, él solo, a los más valientes adalides de los que custodiaban a la dama de sus sueños. Cuando ellos lo atacaron, el joven sopló tres veces, matando con cada soplido a ocho de sus enemigos, hasta que el camino quedó libre, y el mismo Forgall resultó muerto al intentar saltar desde la muralla para escapar a la furia de CuChulainn.

Ejerciendo su derecho de victoria, CuChulainn se llevó a Ehmet y a su hermanastra, junto con dos cargamentos de oro y plata, pero al salir del castillo y aproximarse a las márgenes del Boyne, Fiall, la hermana mayor de Ehmet lanzó sobre la pareja una hueste de sus soldados mejor entrenados, y esto hizo que nuevamente se apoderara de CuChulainn su furia de batalla. Y tal fue su posesión en esta ocasión, y tanta la furia de sus golpes, que el vado de Glondath se tiñó de rojo y el césped se transformó en barro sanguinoliento desde Olbigny hasta el río Math.

Y así fue conquistada Ehmet, tal como ella lo había pedido, tras lo cual CuChulainn la llevó a Emain Macha y la hizo su esposa, para no separarse más hasta el momento de su muerte.

TAIN BO QUAILNGE: EL GRAN MITO IRLANDES

l *Tain bo Quailnge*[1] constituye, más allá de todo análisis, la piedra fundamental de la mitología y la literatura épica irlandesas. Es la epopeya nacional de Erín, equivalente a *La Ilíada* para Grecia, *Beowulf* para Inglaterra, *El Cid Campeador* para España y la *Canción de Rolando* para Francia. Por otra parte, la historia del toro de Quailnge recrea, aunque sea con algunas diferencias, un hecho histórico real, aunque de relativa importancia, sucedido entre los años 100 a. C. y 100 d. C., que fue reportado por varios historiadores romanos, entre ellos el propio Julio César.

Como ya hemos dicho, CuChulainn fue, probablemente, un guerrero real, pues en general los mitos se basan en personajes auténticos, que luego se revisten de las virtudes y acciones que les adjudica la imaginería popular. La malvada reina Maedbh (fonéticamente Meev), de Connaught, y Lug McEthlinn, por ejemplo, eran tradicionalmente dioses del panteón celta[2] "humanizados" por los copistas cristianos, si bien, en algunas ocasiones, tuvieron la deferencia de dotarlos de grandes poderes mágicos.

El mito del *Tain bo Quailnge* sobrevivió al paso del tiempo en tres antiguos manuscritos irlandeses: el *Libro de Dun Cow*, el *Libro amarillo de Lecan* y el *Libro de Leinster*, los cuales, en conjunto, compendian veintitrés relatos, la mayoría de ellos referidos a las hazañas de los campeones en combate. El primero de los tres manuscritos es, sin duda, el más antiguo, ya que la versión más completa y difundida es la del monje Maelmuiri, escrita en el año 1106, pero se asume que sólo se trata de una copia ilustrada de una traducción anterior al siglo VIII.[3]

Otra de las características curiosas de la versión de Maelmuiri es el lenguaje directo y a veces hasta escabroso –respetado en la transcripción–, que hizo dudar a no pocos historiadores que hubiera sido escrito por un monje. Quizás por esta razón, Lady Augusta Gregory, una excelente traductora, autora de la primera traducción conocida del *Tain bo Quailnge* al inglés, pero también una típica dama victoriana, omitió algunos pasajes, como, por ejemplo, el que relata que la reina Maedbh, para satisfacer sus deseos carnales, necesitaba grupos de no menos de nueve hombres fornidos, costumbre que le valió el apodo de "Maedbh, la Reina de los Muslos Amistosos". Este tipo de escenas hizo que el respetado crítico irlandés D. O'hOgain, en su estudio *Myth, Legend and Romance*, comentara que "el personaje de la reina Maedbh[4] es tan maligno y lascivo, que cuesta creer que no haya sido exagerado durante su transcripción, incluso hasta la deformación, por un célibe y probablemente reprimido monje cristiano, ansioso de demostrar la naturaleza demoníaca de las mujeres".

También el lenguaje del *Tain bo Quailnge* resulta espeluznante, especialmente en las descripciones de las batallas y las matanzas de sobrevivientes de éstas, mencionando constantemente episodios de cráneos aplastados, ojos y oídos manando sangre, cabezas y troncos partidos al medio, brazos arrancados y guerreros heridos tropezando con sus propios intestinos que salen de sus estómagos perforados por las espadas y las lanzas.

Respecto de su ubicación en el espacio y el tiempo, el *Tain bo Quailnge* se sitúa en la mitad norte de la antigua Erín, abarcando básicamente los condados de Connaught y Ulster, e involucrando en la acción las regiones intermedias de Roscommon, Meath y Fermanagh; acerca de la época en que transcurren los acontecimientos, en cambio, no resulta fácil aventurar una opinión, ya que, al igual que la mayoría de las leyendas orales, no ofrece demasiadas precisiones al respecto. Lo único que los especialistas en el tema han podido establecer con relativa certeza es que los sucesos referidos han debido desarrollarse después de finalizada la competencia por el premio del banquete de Briccriu y antes de la muerte de CuChulainn, datos que, si bien no permiten ubicar cronológicamente las acciones, sí permiten relativizarlas respecto del cronograma histórico irlandés.

Nace una leyenda

La trama del *Tain bo Quailnge* se inicia a partir de una discusión entre la reina Maedbh y su esposo, el rey Aylill de Connaught, en su lecho conyugal, durante la cual ella exigió a su consorte que hicieran una exhaustiva comparación de las posesiones de ambos, con miras a saber quién de los dos había aportado mayores riquezas al matrimonio. Esta simple conversación derivó rápidamente en un verdadero arqueo que duró toda la noche y parte del día siguiente, y en el que debieron intervenir los escribas y contables de cada uno de ellos, convocados con carácter de urgencia, aportando listas en que se enumeraban las joyas, espadas, tierras, cabezas de ganado, ovejas, cerdos y sementales de cada uno de los cónyuges.

Al término del recuento, y para disgusto de la reina, se comprobó que por cada posesión de valor que cada uno de ellos tenía, el otro tenía otra igual o equivalente, lo que parecía arrojar un empate absoluto, hasta que Aylill jugó su carta de triunfo: su toro Finnbennach (cuernos blancos), que era el orgullo del reino, ya que copulaba diariamente con cincuenta vaquillonas seleccionadas, a las que mantenía constantemente preñadas. La reina, que carecía de una posesión equiparable, se sintió aún más enojada por el hecho de que Finnbennach le había pertenecido originariamente a ella, pero se lo había cedido a Aylill por impotente, pero resultó que, al cambiar de dueño, el toro pareció renacer y se convirtió en el mejor semental de la manada. Y lo peor para ella era que entre el pueblo se corría el rumor de que el toro había recobrado su virilidad por haber dejado de pertenecer a una mujer.

Furiosa por los resultados del arqueo, en la mente de la reina sólo había lugar para un pensamiento único y obsesivo: conseguir un toro que pudiera medirse de igual a igual con el de su esposo. Arteramente, comenzó a mover los hilos de la intriga y pronto logró averiguar, por intermedio de su senescal, de nombre McRoth, que solamente existía, en todo el territorio de Erín, un toro que pudiera compararse con Finnbennach: su nombre era *Donn Quailnge*[5] y pertenecía a Dara McFiachna, quien vivía en el Ulster, en la región de Quailnge, de la cual tomaba su nombre, bajo el reinado del rey Connar McNessa.

Al conocer la noticia, Maedbh decidió que aquel animal debía ser suyo a toda costa, y envió a McRoth al *dun* de Dara McFiachna, con la consigna de pedirle prestado el *Donn Quailnge* por un período de un año, para poder así mejorar por cruza su rebaño y de esa forma igualar o superar las posesiones de Aylill. A cambio de este préstamo, Maedbh ofrecía a Dara cincuenta terneras producto de la cruza de *Donn Quailnge* con sus propias vacas selectas, un carro de guerra, veintiuna esclavas y sus propios "muslos amistosos". Sin embargo, en su fuero interno, la reina sabía que los habitantes del Ulster, celosos como eran de sus pertenencias, no permitirían que el toro abandonara el reino, por lo que, secretamente, ordenó a McRoth que, si no lograba obtener el toro en préstamo, debía conseguirlo por cualquier medio aunque fuera robándolo.

Sin embargo, en contra de sus previsiones, McRoth logró convencer a Dara McFiachna de que le entregara el toro en préstamo, pero, desgraciadamente, su conversación con Maedbh no había sido tan secreta como ambos pensaron, y la noche anterior a que el senescal iniciara su viaje de regreso con el toro, uno de sus sirvientes, borracho, se jactó ante uno de los soldados de Dara McFiachna del plan alternativo de robar el semental en caso de que las negociaciones no llegaran a buen puerto. Enterado el dueño de casa de la traición que se había planeado contra él, se enfureció y envió a McRoth de vuelta, sin el toro y con un violento mensaje de repulsa y de desafío, avalado por la firma de todos los señores del Ulster.

Al ver regresar a su sirviente sin el ansiado semental, la furia de la reina alcanzó niveles apocalípticos y, de inmediato, comenzó a convencer a su esposo Aylill para que enviara mensajeros a todos los rincones de Connaught, en busca de aliados para formar un ejército con que invadir el Ulster.

El primero en responder a la convocatoria fue Fergus McRoigh, movido por el deseo de venganza contra Connor McNessa, que aportó 4.000 hombres y 600 carros de combate; lo siguieron, casi al unísono, los siete hijos de Aylill y Maedbh, cada uno con su ejército privado, que en total sumaban más de 15.000 soldados experimentados; Anluan y Keth, los hijos de Maga, con 3.000 hombres armados hasta los dientes; el rubio Ferdia con su compañía de *fir-bolg*, y otros muchos señores de los vecinos condados de Meath y Fermanagh que, por ser limítrofes con Ulster, pensaban anexarse parte de las tierras expropiadas a cambio de su participación en la guerra.

Además de estas fuerzas aliadas, Maedbh y Aylill contaban con el ejército regular de Connaught, integrado por más de 6.000 efectivos, e incluso 3.000 exiliados del Ulster que, por una u otra razón, respondían a las órdenes de Cormac, hijo de Connor McNessa, que se encontraba ansioso de derrotar a su padre para instalarse él mismo en el trono del Ulster. Finalmente, al inicio de las acciones bélicas, prácticamente no había un solo condado en Erín que no hubiera aportado armas y soldados para la lucha contra Connor McNessa y su principal campeón, el invencible CuChulainn.

El proceso estaba en marcha y la suerte echada, pero antes de que se iniciaran las acciones, la reina Maedbh tuvo la premonición de que su capricho traería consecuencias aciagas para todos los que se plegaran a él. A esto se sumó la innata prudencia de su esposo, que le aconsejó cautela, e incluso la profecía del druida Fendellm, quien le aseguró que había tenido una funesta visión del ejército de Connaught bañado en su propia sangre; pero la omnipotencia de Maedbh no conocía límites y ésta siguió adelante con sus planes, sin importarle las consecuencias de ellos.

Y para afirmarla más aún en sus megalomaníacas pretensiones, sus espías destacados en el territorio del Ulster reportaron que todos los hombres del reino se encontraban afectados por la maldición de Macha,[6] que los haría padecer los dolores del parto durante varios días y los mantendría en convalecencia por varias semanas a partir de entonces. En todo el Ulster, tan sólo un guerrero, CuChulainn –en realidad un joven, pues sólo contaba diecisiete años–, se encontraba libre de la maldición, precisamente a causa de su corta edad. Al enterarse de esto, Maedbh se reafirmó aún más en sus propósitos e ignoró las prevenciones de su esposo, del druida Fendellm e incluso del mismo McRoigh, que había experimentado premoniciones parecidas.

Las acciones bélicas se iniciaron con el ejército de Connaught, al mando de Fergus McRoigh, desplazándose hacia el este para reunirse con las tropas de Meath y Fermanagh, pero la reina Maedbh no tardó mucho en demostrar su natural maligno y desequilibrado: una tarde, observando que la tropa de Leinster que se sumara a su ejército se aprestaba para la batalla con mayor rapidez y eficiencia que sus propias huestes, barajó la posibilidad de prescindir de su apoyo y enviarlos de regreso a sus casas, pero luego, en un dictamen absolutamente incomprensible y arbitrario decidió, sencillamente, matarlos.

Su esposo, azorado ante una determinación tan descabellada, trató de contemporizar, señalando el impacto negativo que una medida de ese calibre podía provocar en el resto de las tropas, y sugirió que el ejército de Leinster fuera desmembrado y que sus falanges fueran redistribuidas entre el resto de la fuerza, a lo que Maedbh accedió de mala gana.

Poco después los hombres de Connaugt tuvieron su primer encuentro con CuChulainn, durante el cual, si bien no se produjo una verdadera contienda, se puso claramente de manifiesto el obstáculo que aquel joven guerrero de diecisiete años iba a resultar para los planes de los aliados.

Esto sucedió cuando el grueso de las tropas aliadas se encontraban en camino hacia la frontera, siempre guiados por Fergus McRoigh, quien los había prevenido hasta el cansancio sobre mantenerse atentos, para evitar que CuChulainn, que se encontraba a la sazón patrullando la frontera entre Ulster y Meath con su padre adoptivo Sualtham, cayera sobre ellos por sorpresa.

Pero toda precaución resultó inútil y el joven guerrero, intuyendo la aproximación de una gran fuerza, envió a su padre hacia el norte –más para protegerlo que por una necesidad real de refuerzos–, en dirección a Emain Macha, a prevenir al grueso de los hombres del Ulster. CuChulainn, por su parte, se adentró en la foresta y allí, parado sobre un solo pie y utilizando solamente una mano y un ojo, talló y retorció un joven roble hasta darle la forma de una herradura. A continuación talló en ella una serie de caracteres *ogham*, reseñando la forma en que la herradura había sido confeccionada y previniendo a las huestes de Maedbh, bajo la advertencia de un *geis*, de "no seguir avanzando, a menos que hubiera entre ellos un hombre capaz de construir una herradura similar, utilizando, como él lo había hecho, únicamente un pie, un ojo y una mano". Aclaró: "Eximo del peso de este *geis* a mi amigo Fergus McRoigh".

Así, cuando las huestes de Maedbh llegaron hasta el lugar, encontraron el *geis* y lo llevaron a Fergus para que lo descifrara, y como no había entre ellos nadie capaz de emular la hazaña de CuChulainn, se adentraron en el bosque para acampar durante la noche.

Una vez que los soldados se detuvieron, CuChulainn los rodeó para observar sus rastros, y así comprobó que su número alcanzaba los dieciocho *triucha cêt* (*triucha* = 3 y *cêt* = 1.000: número de soldados que componen una legión), es decir, un total de 54.000 hombres.

Antes de que terminara la noche, volvió a la cabeza del ejército y se enfrentó con una avanzada compuesta por dos carros de guerra con dos hombres cada uno, a los que mató. Luego cortó de un solo tajo de su espada una horqueta de cuatro ramas de una encina, y la clavó en el vado de un río cerca de Athgowla, por donde las tropas debían cruzar, empalando en cada una de las ramas una cabeza ensangrentada.

Cuando las tropas arribaron al lugar, se asombraron y aterraron ante el espectáculo de las cuatro cabezas, y Fergus declaró que se hallaban bajo un nuevo *geis* y que no debían pasar el vado mientras no hubiera entre ellos uno que pudiera desclavar la horqueta del suelo de la misma forma en que había sido clavada, es decir, con las puntas de los dedos de una sola mano.

En realidad, la estrategia de CuChulainn radicaba en ganar el mayor tiempo posible hasta que los hombres del Ulster se recuperaran del hechizo arrojado por Macha, y para ello adoptó tácticas que hoy llamaríamos "de guerrillas", matando gran cantidad de soldados con su honda y disparando incluso contra la ardilla mascota que la reina Maedbh llevaba en su cuello y el ave que sostenía Ayllil en su puño. La caballerosidad impedía a CuChulainn matar a Maedbh, pero no lo inhibía de arrojarle piedras con su honda, con tanta precisión que durante largo tiempo la reina no pudo aparecer por el campo de batalla, si no era protegida por una verdadera muralla humana, formada por sus servidores más confiables.

Para ese entonces, y a pesar del relativamente escaso tiempo que llevaban en combate, los hombres se encontraban aterrorizados, y muchos de los soldados se preguntaban quién era aquel increíble joven que mantenía en jaque a lo más granado de los ejércitos de Erín.

Pero a pesar de su temor por CuChulainn, mayor aún era su terror por la ira de Maebdh. Mientras tanto, los ejércitos de la malvada reina continuaron su camino hacia Emain Macha, devastando las comarcas de Bregia y Murthemney; no obstante, no pudieron continuar hacia el Ulster, ya que CuChulainn los hostigaba continuamente, matándolos de a dos y de a tres y, a medida que su furia crecía, se volcaba con fuerza sobrenatural contra compañías enteras de las tropas de Connaught, exterminándolas sin compasión, a tal punto que, en una ocasión, cien guerreros de Maedbh murieron de terror al ver a CuChulainn en pleno frenesí de su "fiebre de combate".

Ahora bien, viendo que sus tropas eran diezmadas sin que pudiera continuar su camino hacia Quailnge, Maedbh propuso a CuChulainn, por intermediación de Fergus McRoigh, un acuerdo según el cual el héroe debería luchar cada día con un campeón diferente; el pacto permitía que el ejército avanzara mientras durara el combate, pero debía acampar tan pronto como éste terminara. La estratagema de la reina dio resultado, y en el transcurso de uno de los duelos de CuChulainn con un famoso campeón de Fermanagh, de nombre Natchrantal, Maedbh, con un tercio de su ejército, llevó a cabo un ataque relámpago contra la fortaleza de Slievegallion, en el condado de Armagh, apoderándose del *Donn Quailnge*, que había sido llevado allí con su manada, en un infructuoso intento por protegerlo.

Ferdia McDamann

A pesar de que la guerra debería haber cesado en el momento mismo en que los invasores sacaron el toro fuera de los límites del Ulster, la reina Maedbh, demostrando que todo aquel despliegue bélico había sido solamente un capricho y un deseo de venganza hacia CuChulainn, continuó enviando campeones en su contra, hasta que llegó el turno de Ferdia McDamann, antiguo amigo y condiscípulo del héroe ulate que, después de él y de Fergus (quien, hasta el momento, se había negado terminantemente a luchar contra CuChulainn, a pesar de las repetidas instancias de la reina, que le había ofrecido hasta su propio cuerpo por hacerlo), era el guerrero más poderoso de Erín.

De modo que los ególatras caprichos de una mujer perturbada y desquiciada por el abuso del poder, tuvieron la fuerza suficiente como para hacer que Ferdia y CuChulainn, quienes habían sido amigos entrañables hasta pocos días atrás, se vieran ante el trágico destino de tener que enfrentarse en una lucha a muerte, de la cual uno de ellos no saldría con vida. El *Libro de Leinster*, traducido por George Roth, narra así el enfrentamiento:

Muy temprano en la mañana, Ferdia condujo su carro hacia el vado y descansó allí hasta que oyó el trueno provocado por el carro de guerra de CuChulainn aproximándose, y se levantó para enfrentarse con él a través del río. Una vez que se hubieron saludado afectuosamente, debatieron con qué armas debían comenzar el combate, y Ferdia recordó a CuChulainn una de las artes que habían aprendido de Scathagh: el lanzamiento de jabalinas livianas, y acordaron comenzar con ellas.

Durante todo el día zumbaron las jabalinas a través del río, pero al llegar el mediodía ninguna de ellas había logrado penetrar las defensas de los campeones, por lo que decidieron cambiar por lanzas más pesadas, lo que hizo que brotara la primera sangre. Finalmente, el día llegó a su fin.

—Terminemos por hoy —sugirió Ferdia, a lo que CuChulainn estuvo de acuerdo y ambos se abrazaron y besaron tres veces, antes de retirarse a descansar.

Al día siguiente, fue el turno de CuChulainn de elegir armas y optó por las pesadas lanzas de hoja ancha para combate a corta distancia, y con ellas lucharon desde los carros, hasta que el sol se puso; el cuerpo de ambos héroes estaba surcado por las heridas, pero ambos se saludaron tan afectuosamente como el día anterior y durmieron pacíficamente hasta la mañana.

Y así continuaron el combate, día tras día, sin sacarse ninguna ventaja, hasta que, al comenzar el sexto día, Ferdia comprendió que el duelo debía terminar y se armó cuidadosamente para la ocasión.

–Ferdia –preguntó CuChulainn cuando se encontraron–, ¿cuáles serán nuestras armas para este día?

–Hoy la elección te corresponde –contestó su amigo.

–Entonces que sean todas o cualquiera –dijo CuChulainn, a lo que Ferdia asintió, aunque sabía que eso significaba el fin de uno de los dos.

Hasta el mediodía lucharon sin alternativas importantes, pero finalmente el frenesí del combate embargó a CuChulainn, y su cuerpo comenzó a crecer como el de un gigante, hasta que sobrepasó a Ferdia por diez palmos; sin embargo, su misma locura lo distrajo por un instante, y su amigo logró hacerle sentir el filo de su espada, que se clavó profundamente en su carne. Ferdia continuó acosando fieramente a CuChulainn, que gritó a su cochero que le arrojara su *ghalad bolg.*[7]

Al oír esto, Ferdia bajó instintivamente su escudo para proteger sus piernas, pero CuChulainn, desde su estatura de gigante, logró pasar su lanza por sobre el borde del escudo, clavándola en su pecho. Al recibir la herida, Ferdia volvió a levantar su defensa, pero fue

entonces cuando CuChulainn tomó con sus pies la temible *ghalad bolg* y la arrojó contra Ferdia, cuyo cuerpo atravesó, soltando su mortífera carga.

—Es suficiente —clamó Ferdia al recibir el golpe. —Esta herida me causará la muerte. Es un hecho doloroso que haya caído por tus manos, amigo mío.

CuChulainn, a quien el frenesí guerrero ya había abandonado, lo tomó en sus brazos antes que cayera y lo llevó hacia el norte, a través del vado, de forma que su cuerpo descansara en las tierras del Ulster, y no del lado de los hombres de Erín. Y entonces llegaron de Emania algunos amigos de CuChulainn y lo trasladaron a Murthemney, donde sus compañeros de los *tuatha de Danann* esparcieron hierbas mágicas sobre sus heridas, aunque él permaneció muchos días en un estado de estupor y tristeza infinitos.

El fin de la guerra

La guerra del *Tain bo Quailnge* finalizó con la batalla de la Llanura de Garach, en el condado de Meath, entre las tropas irlandesas, al mando de Fergus McRoig y los hombres del Ulster, bajo las órdenes del propio rey Connor McNessa, ya que CuChulainn aún no se había recuperado de su letargo por la absurda muerte de su incondicional amigo Ferdia.

Fergus atacó a Connor, pero el hijo del rey, Cormac, rogó por la vida de su padre, ante lo cual McRoig se volvió a Connall Cernatch, "el de las Mil Victorias", compañero suyo de cien batallas y uno de los mayores héroes del Ulster.

–Te debes sentir muy valiente –lo acusa Connall– traicionando a tus compatriotas por un puñado de tierras.

Ante la dura acusación, Fergus deja de atacar a los hombres del Ulster y, en su desesperación al comprender la magnitud de su error, comienza a azotar con su espada los tres montes Maëla, que desde ese día tienen la cima plana, y así pueden verse todavía.

CuChulainn, oyendo los golpes de Fergus, vuelve en sí de su estupor y, tomando sus armas, se lanza a la batalla; Fergus, quien no desea combatir contra su amigo, abandona la lucha, y con él se van los hombres de Leinster y Munster, dejando a Maedbh y sus siete hijos sin más tropas que las de Connaught. Al caer la noche, el carro de guerra de CuChulainn no es más que un puñado de tablas destrozadas, y él mismo está cubierto de sangre de la cabeza

a los pies, pero las tropas enemigas ya están en franca desbandada hacia la frontera.

–No tengo por costumbre asesinar mujeres –replica CuChulainn ante el pedido de gracia de Maedbh–. Te acompañaré hasta cruzar el Shannon, por el vado de Athlone, y de allí volverás a tu tierra para devolver el *Donn Quailnge*.

Sin embargo, todo sería en vano; el Toro Pardo de Cooley, al que Maedbh ha enviado a Connaught por un camino separado, se encuentra con el Toro Blanco de Aylill en los Llanos de Aei, y las dos bestias se traban en una lucha mortal. El *Donn Quailnge* mata de una furiosa cornada a su enemigo, pero luego rompe en una estampida desenfrenada hasta caer muerto, rugiendo y vomitando negros coágulos de sangre, en el Risco del Toro, entre el Ulster e Ivaegh.

LA MVERTE DE CVCHVLAIΠΠ

na vez finalizada la guerra por el *Donn Quailnge,* y demostrando que todo el episodio había sido una mera excusa para vengarse de CuChulainn, Maedbh decide intentar la muerte del héroe por medio de su magia, respaldada por la de otros dos hechiceros, hijos de Caliatin, el mago-guerrero que había sido muerto por CuChulainn durante el *Tain bo Quailnge.*

Para satisfacer su venganza, los conspiradores esperan a que los hombres del Ulster hayan caído de nuevo bajo la maldición de Macha, y tienden una emboscada mágica a CuChulainn, haciéndole creer que miles de hombres armados marchan contra Murthemney.

Por todas partes cree ver CuChulainn el humo de los incendios, y durante muchos días lucha a brazo partido contra los fantasmas de guerreros que no existen, hasta caer rendido por el cansancio.

Los hombres del Ulster convencen a su héroe de que se retire a un valle solitario, donde será cuidado por cincuenta de las más bellas princesas del Ulster, entre ellas la esposa de su fiel amigo Connall de las Mil Victorias, pero los hechizos de los hijos de Caliatin crecen en virulencia con el agotamiento del héroe, y su descanso se ve interrumpido por los lamentos de los heridos, el sonido de los carros de combate, las trompas y los cuernos de guerra.

Al no poder soportar lo que creía una carnicería, CuChulainn interrumpe su descanso y regresa a la batalla, pero en el camino se ve sometido a dos *geasa*[1] contradictorios impuestos por los hijos de Caliatin: el primero de ellos le impide negarse a comer carne si le es ofrecida, mientras que el segundo provoca que, si incumple el primero, pierda, al entrar en batalla, los poderes mágicos que le permiten aumentar de tamaño y adquirir la fuerza de cien hombres.

Y es así que, en el camino hacia Murthemney, CuChulainn encuentra a un grupo de aldeanas (que no son otras que los hijos de Caliatin disfrazados de ancianas), que lo invitan a compartir su comida que, por supuesto, se compone principalmente de carne, que lo privaría de sus poderes al entrar en batalla.

Durante semanas enteras —cuenta la leyenda— combatió CuChulainn contra sus enemigos espectrales, en una batalla que quedaría en la memoria de Erín como "La masacre de Murthemney". Legiones enteras de espectrales contendientes cayeron bajo sus armas, hasta que, debilitado por el hechizo, una *ghalad bolg*[2] disparada por él mismo, después de destrozar una cohorte entera de sus enemigos, fue desviada por artes mágicas y se volvió contra él, clavándose en su pecho y derramando sus entrañas por el piso de su carro de guerra.

—Voy a acercarme hasta la orilla de aquel lago a beber —dijo CuChulainn a sus enemigos, sabiendo que el fin estaba cerca. Ante su promesa de regresar, los soldados no se atrevieron a negarse y CuChulainn, recogiendo sus entrañas contra su pecho, se dirigió a la orilla del lago, bebió y lavó la sangre de su cuerpo, después de lo cual regresó para morir. Instantáneamente fue rodeado por las huestes enemigas, pero ninguno se atrevía a acercarse, pues aún latía la vida en sus venas y el halo de los héroes brillaba sobre su frente.

Pero entonces Morrigú, la Diosa de la Muerte,[3] tomando la forma de un cuervo, llegó a posarse en el hombro de CuChulainn, señal indudable de su próxima muerte. Aquello animó a Lugaid, hijo de Curoid, a quien el héroe había matado en duelo, quien se acercó al cuerpo malherido de CuChulainn y separó la cabeza del cuerpo, haciendo que la espada del héroe cayera y le seccionara una mano a la altura del codo. En un pueril gesto de venganza, indigno de un guerrero y movido más por el temor que por la ira, Lugaid cortó a su vez la mano de CuChulainn y la llevó, junto a su cabeza, hacia Tara, donde las enterró. Más tarde, sin embargo, comprendiendo su error, mandó erigir sobre ellas un monte, sobre

el cual edificó, con sus propias manos, un túmulo que durante muchos años fue venerado como el reconocimiento de un guerrero a un héroe inmortal.

Pero Connall, el de las Mil Victorias, que, al cesar el sortilegio de Macha, había salido en ayuda de CuChulainn, descubrió el cuerpo decapitado del héroe junto al lago, donde lo habían atado para que no cayera, y cabalgó hacia el sur, en busca de Lugaid, a quien encontró junto al río Liffey. Luego de matarlo, tomó su cabeza y regresó a Emain Macha, pero su entrada en la ciudad no fue festejada con trompetas y festines, como lo hubiera sido bajo circunstancias usuales, porque CuChulainn, el Mastín del Ulster, ya no se encontraba más entre los vivos.

A modo de conclusión

Ahora bien, más allá de la aparente coherencia que parece presentar la línea estructural de los distintos relatos de la saga de CuChulainn y sus camaradas, Cornall Cernatch y Loegaire Buladach, un análisis pormenorizado permite comprender que, a lo largo de toda la epopeya del *Tain bo Quailnge*, todos sus participantes están combatiendo, más que entre sí, contra fuerzas preternaturales que se han sumado a la lucha, favoreciendo a uno u otro bando.

Así, por ejemplo, a favor de CuChulainn interviene su padre biológico, Lugh, El del Largo Brazo, quien cada noche, mediante un brebaje y la aplicación de hierbas mágicas, repone sus fuerzas y cura sus heridas. El héroe, a pesar de su agotamiento, reconoce en él a un *aedh sidhi*,[4] aunque no a su padre, y lo considera un dios amistoso que conoce sus padecimientos y se ha apiadado de él.

–Eres un bravo, ¡oh, CuChulainn! –expresó Lugh en una de estas ocasiones, según una de las leyendas del *Libro amarillo de Lecan*.

–Lo único que he hecho es cumplir de la mejor forma posible con mi patria y con mi rey –respondió el héroe–. Pero ¿quién eres tú, que así te arriesgas a socorrerme en este trance? –preguntó a su vez CuChulainn.

–Soy Lugh, hijo de Ethné, tu padre de los *sidhi* –respondió el dios, tras de lo cual vendó y curó las heridas del guerrero y lo sumió en un sueño mágico que duró tres días con sus respectivas noches, obligando a los espectros invocados por Maedbh a que respetaran su descanso.

Por su parte, Morrigan, la diosa de la guerra, quien lo ayudara en sus comienzos, lo apoyara con sus hechizos e incluso le ofreciera su amor, luego, al verse rechazada, vuelve hacia él su despecho y su odio impotentes y devoradores. Todos estos personajes, cerniéndose sobre los protagonistas, conforman una trama mítica que va mucho más allá de un relato bélico, histórico o mitológico.

EL CICLO DE FINN MCCUMHAILL, FENNIANO O CICLO DE OSSIAN

LA LEYENDA DE FINN MCCUMHAILL

l igual que las leyendas del Ciclo del Ulster giran alrededor de la mítica figura de CuChulainn, así las del Ciclo de Finn McCumhall, conocido también como Ciclo de los Fianna o de Ossián (fon.: Oissîn) lo hacen en derredor de la imagen de Finn, hijo de Cumhaill, bardo a la vez que guerrero, y considerado el autor material de la mayoría de los relatos. Respecto de la ubicación histórica, mientras que los hechos del Ulster se asume que han ocurrido en forma contemporánea al nacimiento de Cristo, los acontecimientos fennianos se suponen ocurridos durante el reinado del rey Cormac McArt, quien vivió estimativamente alrededor del siglo III de nuestra época.

Durante este período, los Fianna de Irlanda, especie de Orden Militar integrada básicamente por miembros pertenecientes a dos clanes dominantes, el de los Bascna y el de los Morna, fueron, según la tradición, los encargados de servir al Eminente Monarca de Erín,[1] y de repeler a los invasores foráneos, bajo la capitanía, a lo largo de casi toda su existencia, de Finn McCumhaill.

La llegada de Finn a la jefatura de los Fianna

Al igual que la mayoría de los héroes irlandeses, Finn McCumhaill tenía una ascendencia parcialmente relacionada con los clanes de la diosa Dana; su madre, Murna (La Dama del Níveo Cuello), era nieta de Nuadha El de la Mano de Plata, y su padre, Cumhaill, hijo de Trenmōr (fon.: Tremmuir), era jefe del clan Bascna cuando fue derrotado y asesinado durante la batalla de Knock, que tuvo lugar entre su clan y el de los Morna por el liderazgo de la Orden de los Fianna.

Murna, luego de la derrota y muerte de Cumhaill, se refugió en la foresta de Slieve Bloom, donde dio a luz a un niño al que ella bautizó Demna. Por temor a que los integrantes del clan Morna lo localizaran y lo mataran, su madre lo entregó para su crianza a dos ancianas campesinas de Wildwood, mientras que ella se unía en matrimonio al Rey de Kerry. Con el correr del tiempo, sin embargo, el joven, al llegar a la pubertad, fue rebautizado Finn (el Rubio), a causa de la blancura de su piel y su dorado cabello, y con ese nombre se lo conoció de allí en adelante.

Su primer hecho de guerra conocido fue el de matar a Lia, custodio del tesoro de los Fianna, y de apoderarse de él, tras de lo cual partió en busca de Crimmal, un hermano de su padre quien, junto a otros pocos ancianos, sobrevivientes de los jefes del clan Bascna, habían escapado a la matanza de Knock. Los encontró viviendo una vida miserable en los bosques de Connaught, y les entregó el botín perteneciente a los Fianna, proporcionándoles, además, una guardia armada integrada por un grupo de jóvenes que reclutó en los pueblos próximos y que serían los encargados de formar las nuevas falanges Fianna.

Por su parte, se dirigió a estudiar poesía y ciencia bajo la tutela de un viejo druida, de nombre Finnegas, que solía frecuentar los bosques de robles de las riberas del río Boyne. Allí, en un tranquilo remanso, bajo los bosques de avellanos de los cuales caían a la corriente los Frutos del Conocimiento, vivía Finntan, el Salmón de la Sabiduría, del cual se decía que "quien comiera de su carne sería el depositario de toda la sabiduría del Universo".

Durante muchos años había tratado infructuosamente Finnegas de atrapar este salmón, sin lograrlo hasta que Finn llegó a convertirse en su discípulo. Pero a los pocos días de hacerlo, el druida logró pescar el pez, y lo entregó a su alumno para que lo cocinara, pidiéndole que no comiera ni una porción de él, sino que se limitara a avisarle cuando estuviera listo. Sin embargo, cuando el muchacho le trajo el pez, Finnegas advirtió que su apariencia había cambiado.

–¿Has probado el salmón? –preguntó a su discípulo.

–Ni una pizca –contestó el muchacho–, pero cuando intenté darlo vuelta en el asador, me quemé el pulgar con él y lo llevé a mis labios para calmar el dolor.

–Pues toma el Salmón de la Sabiduría y termina de comerlo –le dijo entonces el druida–, pues la profecía se ha cumplido en tu persona. Y luego vete, pues ya no tengo nada que enseñarte.

Y cuentan los hombres sabios –asegura la leyenda– que al término de aquella comida Finn se había convertido en un hombre tan sabio como fuerte y valiente era de joven, y que cuando quería adivinar lo que iba suceder, o lo que estaba pasando en algún lugar distante, sólo tenía que llevarse su dedo pulgar a la boca y morderlo, para que el conocimiento de lo que quería saber se hiciera accesible para él sin más demora.

Por aquel entonces el liderazgo de los Fianna de Erín recaía en manos de Goll, un integrante del clan Morna, pero Finn, habiendo llegado a la madurez, deseaba ocupar el lugar de su padre Cumhaill a la cabeza de la Orden, para lo que se dirigió a la ciudad de Tara y, durante la Gran Asamblea, se sentó junto a los guerreros del rey y las tropas de los Fianna. El rey lo aceptó de buena gana y Finn le juró obediencia eterna, juramento que tuvo ocasión de confirmar poco tiempo después, al llegar la época del año en que Tara se veía atacada por un duende o demonio que llegaba hacia el anochecer, arrojando sobre la ciudad bolas de fuego que provocaban incendios por doquier. Para agravar el problema, ninguno de los guerreros del rey podía combatirlo, porque el maligno demonio llegaba precedido por la música de su arpa, la cual tañía tan dulcemente que todos los que la escuchaban se sumían en un sueño inefable, olvidando todo lo demás sobre la tierra. Cuando Finn se enteró del problema, se dirigió al rey y le dijo:

–Si derroto al duende, ¿tendré el cargo de mi padre como capitán de los Fianna?

–¡Por supuesto! –aceptó inmediatamente el soberano–. Lo aseguro bajo solemne juramento.

Una vez obtenida la promesa, Finn se reunió con un antiguo e insobornable hombre de armas de su padre, de nombre Fiacha, que poseía una lanza mágica con la propiedad de que, si se tocaba con su hoja desnuda la frente de un hombre antes de comenzar una batalla, éste se veía instantáneamente poseído por una furia guerrera de tal magnitud que lo hacía invencible en combate.

Con esta arma en las manos y ansioso por usarla, Finn se apostó a esperar la llegada del duende en las murallas de Tara, y allí se encontraba cuando el sol comenzó a ocultarse y las nieblas del crepúsculo empezaron a levantarse de los prados alrededor de la sagrada colina de Tara.[2] Sin embargo, una inquietante visión dispersó violentamente el encanto de la hora: una sombra ominosa se movía sigilosamente hacia el castillo, precedida por las notas mágicas de un arpa.

Un suave sopor comenzó a invadir insidiosamente sus músculos, pero un toque de la hoja de la lanza sobre su frente lo liberó del hechizo, permitiéndole ver la figura del duende que se abalanzaba sobre él. Rápidamente Finn se recuperó y, tomando la lanza, mató al engendro y le cortó la cabeza, que presentó al rey, reclamando lo prometido.

Así fue como Cormack McArt nombró a Finn McCumhaill al frente de la Orden de los Fianna, exigiendo a sus hombres que juraran obediencia a su nuevo jefe, o que buscaran ocupación en otro servicio.

SADV, LA CORZA DORADA
Y EL NACIMIENTO
DE OISSIN MCFINN

diferencia del ciclo del Ulster, las narraciones del ciclo fenniano abundan en sagas de amor, tanto correspondidos como desdichados; la leyenda del origen del mismo Oissin, el primogénito de Finn, es un buen ejemplo de ello. Recordemos la forma en que Finn McCumhaill y la madre de Oissin unieron sus vidas, según la traducción de Eugene Connery de un manuscrito tomado del *Libro amarillo de Lecan*, recopilado en el siglo VII por un ignoto amanuense irlandés de la orden de San Patricio:

Un día, mientras Finn McCumhaill (acompañado de sus fieles mastines Bran y Skolawn) y su comitiva cazaban en los bosques de su fortaleza de Allen, una corza dorada cruzó repentinamente la senda que seguían, haciendo que los perros se lanzaran en su persecución.

Luego de varias horas de seguirla, llegaron a un hermoso valle, donde la corzuela, sin duda agotada por la carrera, se detuvo y cayó al suelo; inmediatamente los perros se lanzaron hacia ella pero, para asombro de Finn, en lugar de destrozarla, comenzaron a jugar a su alrededor, lamiendo su cara y su cuello. Extrañado, Finn dio órdenes de que nadie le hiciera daño, y todos comenzaron el regreso a la fortaleza, con la corza siguiéndolos y los perros jugando a su alrededor mientras lo hacía. Esa misma noche, Finn despertó, sobresaltado, y vio parada al lado de su cama a la mujer más bella que jamás hubieran contemplado sus ojos.

–Yo soy Sadv, oh, Finn –dijo la joven– y soy la corza que perseguiste hoy. Como no quise brindarle mi amor al druida del Pueblo de las Hadas, me condenó a llevar esa forma, que soporto hace ya tres años. Pero un esclavo suyo, apiadándose de mí, me dijo que, si lograba entrar en la fortaleza de Allen, recuperaría mi forma original.

Y así Sadv se quedó a vivir en el castillo, como la esposa de Finn, cuyo amor era tan profundo que la guerra y la cacería ya no tenían aliciente para él, y pasó largos meses sin moverse de la fortaleza. Sin embargo, un día le llegó noticia de que los barcos de guerra de los Hombres del Norte se encontraban en la bahía de Dublín, y su deber como rey lo obligó a marchar a la batalla, al frente de sus hombres.

Sólo siete días permaneció Finn ausente de su castillo. A su regreso, al no encontrar a Sadv esperándolo en la explanada y notando una expresión extraña en los rostros de sus servidores, exigió saber qué pasaba.

–El día antes del de ayer –contestó por fin el más antiguo de sus servidores– nos pareció veros llegar, acompañado por Bran y Skolawn, y todos nos apresuramos hacia el portal, pero en cuanto la reina Sadv lo cruzó un misterioso fantasma que apareció de la nada la cubrió con un halo de niebla y ¡oh! ya no había más reina, sino sólo la figura de una corza dorada; y entonces aquellos perros comenzaron a acosarla, y por más que se debatió, no la dejaron regresar al portal, sino que la hicieron huir hacia el bosque, donde se internó y ya no la volvimos a ver. ¡Oh, amo! Hicimos lo que pudimos, pero a pesar de nuestros esfuerzos, Sadv se ha ido.

Finn apretó las manos contra su pecho y se retiró a su cámara real, sin pronunciar una palabra. A partir de ese día, dirigió los destinos de los Fianna como antes, pero no cejó en su búsqueda de Sadv, recorriendo constantemente los bosques de toda Irlanda, hasta que al fin, luego de siete años, siguiendo el rastro de un jabalí en los montes de Ben Gulbann, en Sligo, oyó que el ladrido de los perros se convertía en fieros gruñidos y, precipitándose hacia ellos, descubrió a un niño desnudo, de largos cabellos rubios, acosado por la jauría y defendido por Bran y Skolawn.

Los Fianna alejaron a los perros y el niño fue llevado al castillo. Según contó cuando pudo hablar, no había conocido padre ni madre, sino sólo una corza dorada, con quien había vivido en un hermoso valle, rodeado por los picos más altos y los abismos más profundos de la tierra. Sólo se acercaba a ellos un anciano alto, de ceño fruncido, que hablaba con su madre, ora amablemente, ora amenazante, y luego se alejaba furioso cuando ella lo rechazaba. Finalmente, un día, el hombre la sujetó con un lazo de niebla y se volvió para irse, esta vez con ella siguiéndolo, pero mirando a su hijo con ojos lastimeros, mientras él permanecía allí, incapaz de mover sus piernas para seguirla.

Inmediatamente comprendió Finn que la corza no era otra que su amada Sadv, y el hombre el druida del Pueblo de las Hadas, pero por más que recorrió durante largo tiempo las laderas del Ben Gulbann ningún hombre pudo darle noticias de su paradero.

Finn adoptó al niño como su hijo y lo llamó Ossian (literalmente: "pequeño ciervo"), quien más tarde se transformó en un guerrero famoso, cuyas artes marciales sólo eran superadas largamente por las canciones y relatos que cantaba.

La derrota del gigante escocés

Sin embargo, la magia y las hazañas bélicas continuaban siendo el centro de las leyendas fennianas. En cierta ocasión, por ejemplo, Finn McCumhaill debió emplear sus conocimiento de las artes mágicas para derrotar a un gigante escocés, hazaña que dejó como saldo la creación de tres famosos rasgos de la geografía de las Islas Británicas: la Calzada de los Gigantes[1] en la costa noroeste de Erín, la Isla de Man y el Loch Ness,[2] en la región central de la actual Irlanda del Norte.

Finn se había enterado por los bardos ambulantes de que un gigante escocés ponía en duda y se mofaba de la valentía de aquél y de sus aptitudes para la lucha. Enfadado, envolvió una enorme roca con un mensaje de desafío, tomó su honda y lanzó el proyectil a 80 km de distancia, por sobre el mar de Irlanda, hasta llegar a Escocia.

El ogro recibió el mensaje y fríamente replicó (por medio de un mensajero) que iría gustoso a Irlanda a aceptar el desafío, pero era demasiado grande para encontrar una nave a su medida y no podía cruzar el océano a nado. Furioso por la evasiva, Finn desenvainó su colosal espada y cortó con ella algunos cientos de las gigantescas rocas basálticas que se encuentran desperdigadas a lo largo de la costa irlandesa, dándoles forma de pilares hexagonales que luego clavó en el fondo del mar de Irlanda, hasta formar una calzada que permitiera al gigante cruzar desde Escocia hasta Erín sin siquiera mojarse los pies.

Este, sin excusa para negarse, cumplió a regañadientes con lo que se esperaba de él, pero, al llegar al castillo de los Finn, sólo encontró allí a Sadv, su esposa, quien invitó al ogro a que pasara al interior de la fortaleza para esperar a su esposo, que no tardaría en llegar. Así lo hizo el gigante, sentándose junto a la supuesta cuna del hijo de Finn y contemplando con aprensión creciente al gigantesco niño, de más de seis metros de estatura.

–Si éste es el hijo de mi adversario –se preguntaba, ya que así se lo había asegurado Sadv–, ¿cómo será su padre?

Finalmente, la idea llegó a ser demasiado inquietante para el ogro, que salió disparado del castillo y atravesó de regreso la Calzada de los Gigantes, perseguido por los enormes terrones de greda que el bebé, que no era otro que el mismo Finn disfrazado, le arrojaba desde la costa. Y según cuenta la leyenda, el terrón más grande que arrancó, extraído del centro del Ulster (hoy territorio de Irlanda del Norte), provocó un profundo agujero que inmediatamente se llenó de agua, formando lo que luego (y hasta la actualidad) se conocería como Lough Neagh (o Loch Ness = Lago Negro). El gigantesco terrón así desarraigado y arrojado por Finn al gigante en fuga, cayó cerca de la costa escocesa, formando lo que hoy se conoce como la Isla de Man.

La muerte de Finn y el ocaso de los Fianna

A pesar de sus artes mágicas y su sabiduría adquirida al comer del Salmón del Conocimiento, la inteligencia y la astucia de Finn fue decreciendo con la edad y llegó un momento, como sucede con muchos ancianos que durante su juventud han sido hombres fuertes y poderosos, en que empezó a albergar dudas sobre su potencia y su vigor, enfrentando a menudo situaciones que estaban por encima de sus ya considerablemente mermadas capacidades físicas. Hasta que en una ocasión, participando de una competencia entre un grupo de jóvenes guerreros, trató de impresionarlos cruzando de un salto el río Boyne, pero fracasó en el intento, cayendo en el centro de la corriente y ahogándose.

Sin embargo, las hazañas anteriores de Finn McCumhaill había hecho crecer sobremanera el prestigio de los Fianna, de manera tal que, a la muerte del rey Cormack McArt, su hijo Cairbry se vio en la necesidad de poner coto a las pretensiones de la Orden, que por ese entonces agobiaba a los restantes clanes exigiéndoles pesados tributos en todo el país.

Cairbry convocó a todos los reyes provinciales a dejar de pagar las prebendas exigidas por los Fianna y a levantarse en armas contra ellos. La batalla decisiva de aquella guerra tuvo lugar en la llanura de Gowray y, según cuentan las leyendas, la matanza entre ambos bandos fue tan sangrienta que después de aquel combate, la población de Erín sólo contaba con ancianos, mujeres y niños.

Al cabo de varios días de lucha, los Fianna habían sido prácticamente exterminados, y Cairbry, Alto Rey de Irlanda, y Osgur, hijo de Oissin, se trabaron en combate individual, hiriéndose mortalmente el uno al otro, hecho que condujo al fin de la guerra y la pacificación, al menos temporal, del territorio de Erín.

Los ciclos mitológicos galeses

PWYLL, PRÍNCIPE DE DYFFEDD, Y ARAWNN, REY DE ANWYNN

E n los momentos en que comienza esta historia, Pwyll príncipe regente de los siete *cantrevs*[1] de Dyffedd, al suroeste de Gales, se encontraba de cacería en la región de Llwyn Diarywa, en el condado de Arberth, su corte principal. Allí, luego de adentrarse una mañana en los bosques de Glynn Cuch, soltó a sus perros y, soplando su cuerno de caza, salió en su persecución, perdiéndose muy pronto de vista del resto de la comitiva.

Concentrado en los ladridos de sus propios perros, oyó, sin embargo, los aullidos de otra jauría que se aproximaba y, al entrar en un claro del bosque, pudo ver a un ciervo que trataba de huir, aunque infructuosamente, pues antes de haber logrado salir del claro, fue alcanzado y derribado por la jauría que lo perseguía. Inmediatamente, la atención del príncipe se vio atraída por la extraña coloración de los animales que tenía ante sus ojos, ya que jamás había visto sabuesos similares; su color era de un blanco inmaculado y refulgente, al tiempo que sus orejas mostraban una tonalidad escarlata brillante como el ascua de una fragua.

Rápidamente cabalgó hacia los perros extraños, apartándolos para que dejaran el campo libre a su propia jauría, cuando se percató de la llegada de un jinete montado sobre un caballo gris, con un cuerno de caza terciado sobre el hombro y vestido con un impecable traje de caza del mismo color acerado del potro que montaba.

Adelantándose hacia él, el caballero dijo:

–Príncipe de Dyffedd, sé quién eres, pero no te honraré con mi saludo.

–Quizás tu rango sea tan alto que te permita no hacerlo.

–No es exactamente mi rango, sino tus malos modales y tu descortesía lo que me lo impiden –contestó el recién llegado.

–Pues, ¿qué falta de cortesía has notado en mí, caballero?

–Si tú no llamas una descortesía ahuyentar una jauría que ha cazado un ciervo, para permitir que la tuya se alimente, ¡entonces que los dioses pongan nombre a esa actitud!

–Caballero –respondió el príncipe–; creo que me he comportado en forma descortés contigo y deseo recuperar tu favor. ¿Podrías al menos decirme tu nombre y tu dignidad? ¡Ni siquiera sé con quién hablo!

–Soy Arawnn, rey coronado de la tierra de Annwyn.

–¿Y de qué forma, señor de Annwyn, podría recuperar tu buena disposición hacia mí? –preguntó Pwyll.

–Te lo diré. Hay un rey cuyos dominios quedan exactamente frente a los míos y que me hace la guerra continuamente. Su nombre es Hafgan, y si consigues sacarme de encima a esa peste de hombre, obtendrás mi benevolencia y mucho más.

–Me agradaría mucho ayudarte, pero ¿cómo? –preguntó Pwyll.

–Nos uniremos por medio de un juramento sagrado –dijo Arawnn– y te disfrazaré para que ocupes mi lugar en la corte de Annwyn, donde reinarás en mi lugar exactamente durante un año y un día a partir de hoy.

–Todo eso está muy bien y lo acepto, pero, ¿cómo haré para encontrarme con el rey Hafgan?

–Mi encuentro con él está arreglado para dentro de un año exactamente, en el vado que hay pasando el bosque. Irás a su encuentro con mi apariencia, le asestarás un solo golpe y Hafgan no sobrevivirá. Pero no le des un segundo golpe, aunque te lo suplique, pues en ese caso estará de regreso, luchando conmigo, a la mañana siguiente.

–¿Y qué pasará con mi propio reino? –preguntó Pwyll.

–Yo mismo ocuparé tu lugar, de manera que nadie en él sospeche siquiera que no eres tú quien está gobernando. Pero primero te llevaré a mi reino, para que comiences con tus tareas.

A continuación, Arawnn condujo a Pwyll a su palacio y le

mostró sus distintas estancias y pabellones, tras de lo cual se despidió diciendo:

–Dejo en tus manos mi reino y mis dominios. Entra; nadie dudará de tu identidad y todos te servirán como lo harían conmigo mismo.

Y, efectivamente, tan pronto como Pwyll ingresó al salón, escuderos y sirvientes acudieron a atenderlo. Al conversar con la reina, el príncipe comprendió que se trataba de una mujer inteligente y culta, de carácter y lenguaje nobles. Cenaron opíparamente y luego se retiraron a descansar, pero cuando llegó el momento de acostarse, Pwylll dio la espalda a la reina, sin intentar otra actitud que la del sueño durante toda la noche; y por más gentiles y tiernos que se mostraran entre sí durante el día, todas las noches del año siguiente fueron igualmente gélidas entre ellos.

Cuando, finalmente, llegó el día fijado para el encuentro entre Arawnn y Hafgan, un hombre a caballo se situó frente a ellos y se dirigió a la concurrencia diciendo:

–Caballeros, en este juicio podrán intervenir exclusivamente los dos jefes que reclaman como propio el reino de Annwyn. El combate será sólo entre ellos y los demás no deberán intervenir.

A continuación se inició la justa, y Pwyll, como sustituto del rey Arawnn, fue quien asestó el primer golpe, que partió como si fuera de papel el escudo de Hafgan y la armadura que se encontraba detrás de él, derribando al jinete por sobre la grupa del caballo, mortalmente herido. Pero cuando Pwyll se acercó, el moribundo musitó:

–¡Señor!, no tienes ningún derecho a matarme, porque yo no te he desafiado ni retado en forma alguna, ni sé de nada que haya hecho por lo que puedas desear mi muerte; pero ahora que ya me has herido mortalmente, termina tu tarea con un segundo golpe.

–Caballero –respondió Pwyll–, quizás me arrepienta de lo que he hecho, pero debes encontrar a otro que te ultime, porque yo no lo haré. Y dirigiéndose a los vasallos de Hafgan, agregó–: En cuanto a vosotros, nobles, os aconsejo que decidáis si os convertiréis en mis vasallos, a partir de este día.

–Rey Arawnn –contestaron los cortesanos al unísono–, desde hoy, todos nosotros te reconoceremos como el único rey de Annwyn.

–¡Bien! –replicó Pwyll–. Acepto vuestra sumisión, ¡y que los arrogantes sean humillados por el filo de la espada! –agregó, utilizando la tradicional fórmula de sumisión de los ancestros. A continuación recibió el homenaje de los nobles como único rey reconocido, y para el mediodía del día siguiente, los dos antiguos reinos de Annwyn se encontraban bajo su mando.

A continuación, habiéndose cumplido un año y un día de su previo trato con el verdadero Arawnn, Pwyll regresó al vado de Glyn Cuch, donde el primero lo recibió diciendo:

–He oído lo que has hecho por mí. ¡Que los dioses te recompensen por haber mantenido con tanta fidelidad tu promesa de amistad! –le agradeció, para luego devolverle su apariencia, recobrar la suya y regresar a su gente y su familia, a quienes no había visto en todo un año.

Sin embargo, ellos no habían percibido su ausencia, por lo que la cena no fue más animada de lo usual, hasta que llegó el momento de retirarse a descansar. Una vez en sus aposentos reales, el verdadero Arawnn conversó un rato con la reina y luego inició los juegos preliminares del amor, pero su esposa, que se había desacostumbrado a ellos, al cabo de un año y un día de abstinencia, pensó: –¡Por todos los dioses! ¿Cómo puede Arawnn tener hoy sentimientos tan distintos? ¡No recuerdo haber tenido una noche así desde hace más de un año!

Permanecieron en silencio durante un largo rato, hasta que el rey, notándola ensimismada, le preguntó la causa.

–Simplemente, es que te noto distinto. Anoche se cumplió un año desde el momento en que nuestros cuerpos se extasiaron por última vez. Claro que hubo entre nosotros hermosos momentos de conversación, ¡pero eso fue todo!

Ahora le llegó a Arawnn el momento de meditar: "En verdad –pensó para sí –no ha habido amistad más confiable y sólida que la de este compañero que conocí hace un año". Y narrándole toda la historia a su esposa, ésta confirmó su apreciación:

–Pongo a los dioses por testigos de que has encontrado a un amigo fiel y consecuente, tanto en las lides de la guerra como en las de la amistad. ¡Deberías dar gracias por ello durante todos tus días por venir!

Pwyll, por su parte, tan pronto regresó a sus dominios, comenzó a preguntar a sus aristócratas qué opinaban de su gobierno durante el último año.

–Soberano nuestro –respondieron éstos sin dudar–, nunca habías mostrado tanta sabiduría ni tanta amabilidad, ni habías administrado los bienes de la comunidad con tanta prodigalidad y prudencia. El pueblo jamás ha estado tan satisfecho y feliz como ahora.

–*Yrof y a Duw*[2] –respondió Pwyll–, pero sería más justo que testimoniaran su agradecimiento al hombre a quien verdaderamente han tenido ante ustedes.

Y a continuación, les narró la aventura tal y como había ocurrido. Al terminar, el anciano más venerable del Consejo interpretó la voluntad de todos, preguntando:

–En verdad os digo, Señor, que todos debemos agradecer a los dioses por haberos procurado una amistad como ésa, pero... ¿seguiréis administrando el gobierno y la justicia en la misma forma en que lo habéis hecho este año?

–Así lo haré, mientras de mí dependa –confirmó el soberano.

Desde ese momento, Arawnn y Pwyll se concentraron en gobernar sus respectivos reinos y consolidar su amistad, que creció día a día a través del intercambio de regalos amistosos, como caballos, lebreles, halcones y, en fin, todo aquello que cada uno juzgaba que agradaría al otro.

PWYLL Y RHYANNON, HIJA DE HEFFEYDD EL SABIO

Cierto día en que Pwyll, príncipe de Dyffedd, se encontraba nuevamente de cacería en los alrededores de Arberth, su corte principal, manifestó sus deseos de recorrer los cotos de las alturas del Gorsedd Wulbann,[1] al cual no había subido nunca.

–Señor –le advirtió su jefe de halconeros–, es preciso que sepáis que ese cerro tiene un encantamiento, por el cual todo noble que se siente en su cima no podrá bajar de allí hasta sufrir antes golpes o heridas, o haber sido testigo de un hecho maravilloso.

–Los golpes y las heridas son algo a lo que un guerrero debería estar acostumbrado –respondió el príncipe–; en cuanto al hecho maravilloso, no me disgustaría ser testigo de uno. –Tras lo cual se dirigió al cerro, llevando consigo a algunos hombres de su comitiva.

Y allí permanecían, contemplando el atardecer, cuando vieron acercarse por la pradera vecina a una mujer montada sobre un enorme caballo blanco. La desconocida vestía una larga túnica dorada y brillante, y el níveo animal parecía avanzar con un paso lento y cansino, aunque en muy corto tiempo llegó al pie de la colina en que se encontraban.

–¿Alguien reconoce a la amazona? –preguntó Pwyll, y ante la respuesta negativa, envió a uno de sus nobles a que lo averiguara.

Uno de los caballeros se levantó rápidamente y salió al encuentro de la desconocida, pero no había llegado a la mitad del camino, cuando la dama espoleó su caballo, dejando al noble atrás.

–Majestad –explicó el hombre–, sería inútil tratar de seguirla a pie.

–Pues entonces corre a la corte, toma el caballo más rápido que encuentres y sal a buscarla –ordenó el rey, intrigado.

El noble fue por su caballo, lo montó y partió en persecución de la amazona, que parecía estar esperándolo un trecho más allá. Pero cuanto más rápido avanzaba el jinete, más lejos se encontraba de la mujer. Finalmente desistió y, casi desfalleciente por la carrera, regresó hasta donde se encontraba el rey aguardando.

–Señor, ni un gamo podría alcanzar a ese caballo. Es el animal más rápido que he visto en mi vida –se excusó.

–No te culpes por haber fracasado en su seguimiento, Hadel –repuso el rey–. La única explicación posible es que estamos frente a un caso de hechicería.

Pero aquel episodio había quedado grabado muy profundamente en la mente de Pwyll, y al día siguiente regresó al Gorsedd Wulbann, acompañado, por expreso pedido suyo, de la misma comitiva del día anterior. Sólo que en aquella oportunidad había ordenado a su escudero que llevara consigo el caballo más rápido que hubiera en todo Dyffedd.

Y no habían tenido siquiera tiempo de llegar a la cima, cuando nuevamente apareció la amazona, siempre al paso tardo y mesurado que había llevado la tarde anterior. Nuevamente salió el escudero en su persecución, y una vez más, todo fue en vano; el caballo blanco, sin siquiera agitarse, mantuvo fácilmente la distancia que los separaba.

Al día siguiente, terminado un breve y ligero refrigerio, Pwyll reunió nuevamente a su comitiva y todos ascendieron al cerro prodigioso.

–Allí está nuestra intrigante amazona –dijo el príncipe al poco rato, y agregó–: pero esta vez seré yo mismo quien parta en su busca. ¡Ensíllame bien mi caballo y tráeme las espuelas!

Pero tan pronto como comenzó a descender la ladera, ella se hallaba ya al pie de ésta. En vano fue que Pwyll espoleara brutalmente a su caballo, aflojándole las riendas; ella permaneció fuera de su alcance hasta que él le gritó:

–¡Escucha! ¡Por lo que más quieras, detente!

–Lo haré con mucho gusto –dijo, deteniéndose y levantando el velo que cubría su rostro–, pero a mi caballo le hubiera agradado que me lo hubieras pedido hace mucho tiempo.

–Dime, señora –pidió Pwyll –¿de dónde vienes y adónde te diriges?

–Sigo mi propio camino –respondió ella–, y me siento muy complacida de haberte conocido. En realidad –agregó, antes de que él pudiera interrumpirla–, tú eres el motivo de mi presencia aquí. Mi nombre es Rhyannon, hija de Heffeydd el Sabio, quien me ha prometido en matrimonio a un hombre al cual desprecio. Pero, aunque te sorprenda escucharlo, no existe en el mundo hombre alguno con quien desee desposarme, excepto contigo.

–¡*Yrof y a Duw!*[2] –exclamó Pwyll, utilizando su expresión favorita–. Por supuesto que me sorprende, pero además, te diré que ahora ya no existe fuerza en el Universo que me pueda obligar a unirme a otra mujer, así me den a elegir entre todas las vírgenes y damas del mundo entero.

–Entonces, hagamos un pacto –sugirió Rhyannon–; de aquí a un año exacto, en la corte de mi padre Heffeydd, yo misma prepararé un festín en tu honor, al que acudirás sin falta. ¿Aceptas?

–¡No habrá fuerza en el mundo que pueda impedírmelo! –respondió el príncipe al instante. Y habiendo concretado el próximo encuentro, se despidieron afectuosamente hasta el año siguiente.

Pwyll pasó el año en Arberth, y cuando se acercaba la fecha de la cita eligió a dos de sus compañeros más allegados y se dirigió con ellos a la corte de Heffeydd El Sabio, donde fueron recibidos calurosamente. La alegría reinaba en toda la región y se notaba que los preparativos se encontraban muy adelantados.

Pero cuando se sentaron a la mesa –Heffeydd El Sabio en el centro de la cabecera, con Pwyll a un lado y Rhyannon al otro– vieron entrar en el salón a un hombre joven y fuerte, de impactantes cabellos rojos y ropa de seda del mismo color, que ya desde la entrada se había dirigido cortés, pero firmemente a Pwyll y sus compañeros.

–Que los dioses te sean propicios –respondió el príncipe a su saludo, invitándolo a sentarse. Pero el recién llegado se negó, diciendo:

–No lo haré, a menos que me concedas lo que he venido a pedir.

–Tendrás lo que desees –respondió Pwyll, algo apresuradamente.

–¿Por qué has respondido de esa forma? –exclamó Rhyannon, aunque demasiado tarde.

–Debe mantener la palabra que comprometió frente a tantos nobles –terció el pelirrojo.

–Pero ¿qué es lo que deseas, amigo? –reaccionó el príncipe.

–Parecería estar decidido que después de este festín te acostarás con la mujer a quien más amo en el mundo –explicó el joven–, y estoy aquí para tomar tu lugar.

Las palabras parecieron huir de la boca de Pwyll, y Rhyannon dijo, fulminándolo con la mirada:

–Este es Gwawl, hijo de Clud, un pretencioso rico y pendenciero a quien querían entregarme contra mi voluntad, y ahora deberás hacerlo, so pena de quedar deshonrado. –Pero luego, bajando la voz susurró–: Debes simular que accedes a su pedido, y yo me encargaré del resto.

–¿Cómo podrás lograrlo? –preguntó Pwyll, en el mismo tono de voz.

–Espera y lo verás. Le fijaré un lapso de un año a partir de esta noche para acostarme con él. Pasado ese año, deberás acudir con esta bolsa y cien caballeros, al huerto ése que se ve desde aquí –dijo, señalándoselo, para luego continuar–: Deberás venir vestido de mendigo, con la bolsa en la mano, que pedirás te llenen de comida. Al ver que no se llena nunca, pues es una bolsa mágica, Gwawl preguntará qué sucede y tú le dirás que nunca se llenará, a menos que algún noble poderoso se pare sobre la comida dentro del saco y diga: "Han puesto demasiado alimento aquí". Entonces yo lo enviaré a él, a que prense con sus pies la comida, momento que aprovecharás para encerrarlo en la bolsa y cerrar las correas de cuero de la boca. Asegúrate de tener contigo una buena trompa de caza, pues ésa será la señal que deberán esperar tus hombres para entrar todos en la corte. –Y luego, alzando la voz en dirección a Gwawl, que seguía esperando, dictaminó:

–Este festín lo he preparado en honor de Pwyll, rey de Dyffedd, de sus hombres, de mi familia y de mis hombres, y no aceptaré en él a nadie más. Tú, Gwawl, en un año exacto a partir de esta noche, tendrás preparado tu propio festín en este mismo salón, y esa noche seré tuya.

Justo un año después de aquel día, Gwawl, hijo de Clud, se presentaba en el salón de banquetes en busca de lo prometido, mientras que Pwyll, príncipe de Dyffedd y Regente de Annwynn, llegaba con sus caballeros al huerto, provisto de la bolsa que le había entregado Rhyannon, y vistiendo pesados harapos y rústicas sandalias de cuero. Cuando se le informó que habían terminado de comer, y comenzaban las canciones y la bebida de sobremesa, se dirigió directamente hacia la mesa principal.

–Que los dioses te protejan – lo saludó cortésmente Gwawl.

–Y que a vos os den prosperidad –respondió Pwyll, para luego continuar–: Señor, tengo necesidad de pediros algo.

–Nada te será negado, si está dentro de mis posibilidades –contestó Gwawl–, y ésa será tu bienvenida.

–Sólo la necesidad me empuja a pedir, mi señor, pero nada de lo que pido es imposible para vos. Os ruego que llenéis de comida esta bolsa que aquí veis.

–Pues no me parece un pedido excesivo –accedió Gwawl, y dirigiéndose a los sirvientes, exclamó– ¡Traedle comida hasta llenar la bolsa!

Inmediatamente los sirvientes pusieron manos a la obra, pero el talego parecía no llenarse nunca, lo que hizo exclamar al pelirrojo:

–Oye, ¿es que no va a llenarse nunca?

–*Yrof y a Duw*, te juro que, por más que lo carguen no se llenará, a menos que un caballero poderoso, dueño de tierras y siervos se pare sobre él, prense mis alimentos con sus pies y declare que ya es bastante.

–Oh, mi hombre valiente –exclamó zalamera Rhyannon, aprovechando la oportunidad–, levántate y haz lo que dice, así nos veremos libres de su presencia.

–¡Con mucho gusto! –exclamó el pelirrojo. Se levantó y puso sus dos pies dentro de la bolsa, ocasión que aprovechó Pwyll para levantar y atar la boca con tanta rapidez que Gwawl quedó encerrado en ella. El príncipe hizo sonar entonces su cuerno de caza, con lo que aparecieron sus hombres, apresaron a los servidores de Gwawl y formaron un corro alrededor de la bolsa.

–¿Qué hay en este saco? –preguntó uno de ellos.

–Un tejón –respondió otro–, y el juego consiste en dar un golpe a la bolsa, ya sea con el pie, con una estaca o con cualquier otra cosa, y si el animal grita, el que le ha pegado tiene derecho a una ración extra de *mead*.[3]

Y así continuó el juego, hasta que el hombre dentro del saco protestó diciendo:

–Después de todo, soy un noble como ustedes y no merezco ser tratado de esta forma.

Ante esta justa petición, con la que el rey Heffeydd coincidió plenamente, Rhyannon y Pwyll acordaron dejarlo en libertad, pero sólo si antes prometía solemnemente no volver a pretender la mano de la hermosa princesa, ni intentar tomar venganza por los hechos ocurridos esa noche. Una vez que el pelirrojo hubo accedido a todo lo que le ordenaron, lo dejaron libre, y partió hacia su hogar, arrastrando tras de sí una pierna dolorida y la vergüenza de haber sido burlado en presencia de todos sus nobles.

Rhyannon y Pwyll, por su parte, permanecieron el resto de la noche en el salón de banquetes, hasta que llegó la hora de retirarse a sus aposentos, donde finalmente pudieron consumar su matrimonio, ya largamente postergado.

Dos días más tarde, Pwyll y Rhyannon dejaron el palacio del padre de ésta y se dirigieron hacia Arbert, donde el príncipe retomó sus funciones de Regente de Dyffedd y Anwynn, reinos que ambos gobernaron con prosperidad y justicia durante los años que les quedaron de vida.

EL ENSUEÑO DE
MAXEN WLEDIC

Maxen Wledic era emperador en Ruvein (Roma) y estaba considerado por sus subordinados como el más atractivo, simpático y sabio de los hombres, y el más adecuado para el cargo de todos los que habían regido el imperio antes que él.

Hasta que en una ocasión en que se encontraba en una partida de caza, homenajeando a treinta y dos reyes de otros tantos países aliados, llegó junto con ellos al valle del río Tíber, donde se detuvieron a descansar. El sol se hallaba alto en el cielo, y el emperador decidió descabezar un sueñecito, protegido del resplandor del astro por los escudos de sus soldados, colgados de los cabos de sus picas de caza.

Nunca sabría luego Maxen Wledic si lo que sucedió a continuación fue un sueño o una visión, pero lo cierto es que le pareció remontar el valle del río hasta llegar a sus fuentes, y luego más allá aún, ascendiendo a la montaña más alta del mundo, cuya cima le pareció tan elevada como el mismo cielo. Pero su viaje no se detuvo allí; una vez superada la montaña, descendió a los valles y llanos de más allá, donde pudo contemplar grandes ríos que bajaban tumultuosamente de sus laderas, para perderse en su camino hacia el océano.

Siguió el cauce del mayor de ellos hasta llegar a su desembocadura, y allí encontró una fastuosa ciudad y, dentro de ella, una gigantesca fortaleza custodiada por un sinfín de torres y almenas de diferentes colores. Junto a la muralla más alta podía verse un activo puerto, en el centro del cual se destacaba airosamente un navío de mayor porte que los demás, ricamente decorado con paneles dorados y plateados, al cual permitía el acceso un puente de madera de ébano y ricas cuerdas de raso, que lo unía a la ribera cercana. Mientras lo miraba, le pareció que él mismo subía a bordo; al momento, las velas se hincharon, se soltaron las amarras, y el barco zarpó a través de las mansas y redondeadas olas.

Varios días transcurrieron antes de volver a avistarse tierra, esta vez la de una isla, al pasar junto a la cual Maxen Wledic pudo distinguir tantas maravillas que su mente se resistía a aceptarlas: angostas cañadas por las que serpenteaban susurrantes arroyuelos, precipicios insondables, llanuras tan extensas como el océano y bosques en los que podían recogerse todo tipo de frutas.

Cuando la barca amarró en el muelle de un lujoso palacio, Maxen pudo entrar y recorrer maravillado un inmenso salón cuyo techo era de oro y los muros estaban tachonados de piedras preciosas. Las puertas eran de bronce, las mesas de plata y los divanes forrados en seda recamada en oro; sobre uno de ellos se tendían dos muchachos morenos jugando al *gwyddbwyll*.[1]

En el centro del salón, junto a una de las inmensas columnas de ébano, sentado en una silla de marfil adornada con dos águilas de oro, se encontraba un anciano de cabellos blancos. Frente a él se sentaba una muchacha tan hermosa, que su vista encandilaba como la del sol en todo su esplendor. Lucía una camisa de seda blanca cerrada sobre el pecho con dos broches de oro rojo, y un vestido de seda dorada, recamado en piedras preciosas.

Cuando Maxen se aproximó, la muchacha abandonó su silla, le echó los brazos al cuello, y ambos volvieron a sentarse en la silla, tan juntos que el mueble no pareció más ocupado que antes. Pero los sonidos del salón, suaves y armónicos, fueron trocándose en ruidos discordantes: los perros sacudían sus correas, los escudos se entrechocaban contra las espadas y los caballos piafaban y relinchaban inquietos, anticipando la trompa de caza.

Pero el daño ya había sido hecho y el emperador ya no recuperaría su reposo. Desde ese día no habría en él una molécula de su cuerpo que no se estremeciera y vibrara por su amor por la desconocida muchacha de la isla. Con un esfuerzo, logró comprender las palabras de su asistente:

–Majestad, ya es hora de que regresemos a palacio.

En silencio, Maxen Wledic montó su brioso palafrén y se dirigió hacia Roma, en medio de un triste y ominoso silencio. Así pasaron los días, que pronto se convirtieron en semanas; su único alivio era el sueño, porque en él podía volver a ver a su amada. Pero cuando despertaba no quedaban rastros de ella, y no tenía forma alguna de saber dónde podría hallarla. Y así siguió, hasta que un día su lugarteniente le dijo compungido:

—Mi señor, el pueblo ha comenzado a murmurar. No logran obtener respuestas a sus peticiones ni a sus necesidades. Se sienten abandonados y no saben qué hacer.

—Reúne al Consejo de Sabios —respondió el Emperador—; ellos me ayudarán a tomar una decisión sobre mi problema.

—Majestad —resumió el portavoz del Consejo luego de la deliberación de sus miembros—, ya que nos has honrado al consultarnos, te daremos nuestra opinión sincera. Creemos que tu estado de ánimo actual no resulta beneficioso para tu pueblo, para tus nobles y ni siquiera para ti mismo. Pensamos que sería más provechoso para todos que abandonaras temporalmente Roma y te dedicaras a buscar a la dama desconocida, ya que eso te devolverá la paz de espíritu que necesitas para recomponer tu imperio.

Rápidamente se reclutaron los guerreros más experimentados del reino, se los puso a las órdenes de los capitanes más diestros en el combate y en pocos días se logró reunir un ejército pequeño, pero avezado y dispuesto para una misión extraña y delicada: encontrar a la enigmática doncella entrevista por el emperador en el transcurso de su ensueño mágico.

La expedición de búsqueda se inició sin contratiempos; ascendieron una escarpada montaña que con sus dedos de roca arañaba los confines del cielo; recorrieron un río hasta su desembocadura en el mar, junto a una gran ciudad de torres coloreadas, y allí abordaron una nave que surcó las olas redondeadas y suaves para, finalmente, desembarcar en una isla desconocida para todos los integrantes de la expedición.

Sin embargo, desde el momento mismo de poner su pie en la dorada arena de la playa, las brillantes tonalidades de verde del paisaje parecieron liberar de un extraño sortilegio la mente de Maxen Wledic, quien inmediatamente supo, como por arte de magia, que se encontraban en la isla que sus habitantes llamaban Bretaña.

Recuperado de su letargo, el emperador reorganizó rápidamente a sus tropas y marchó sobre el territorio dominado por Beli, hijo de Manogan, y sus hijos, haciéndolos retroceder hacia el mar. Luego avanzó hacia Arvon, cuyos habitantes se rindieron sin luchar, y finalmente se encontró frente a la fortaleza de Aber Sein, en cuya sala penetró sin dificultad. Como en un sueño repetido pudo ver en el interior de la estancia a Kynan y Adeon, hijos de Eudav, jugando su partida de *gwyddbwyll* y al propio Eudav, sentado en su silla de marfil y tallando pacientemente sus trebejos. Intencionadamente demoró en volver sus ojos hacia el fondo de la sala... ¡y allí estaba ella: Elen, la doncella que había entrevisto en su sueño y que desde ese mismo momento había ocupado la totalidad de sus pensamientos, hasta el punto de hacerle postergar sus deberes de emperador!

Lentamente, Maxen se acercó hasta la silla de oro y, sin que mediara una sola palabra entre ellos, tomó las manos de la joven entre las suyas y la guió sin demora hacia sus aposentos, donde esa misma noche consumó su ansiado matrimonio.

A cambio de la virginidad que le había concedido, Maxen le ofreció que solicitara su *agweddi*,[2] a lo que ella prudentemente respondió que deseaba la isla de Bretaña para que fuera regida por su padre, desde el *Mor Rudd* hasta el *Mor Iwerddon*,[3] dejando las tres islas restantes bajo la hegemonía de Roma; además solicitó la construcción de tres fortalezas, a erigirse en los lugares que ella designara. El emperador accedió sin demora a su pedido, y el primero de los fuertes fue levantado en Arvon, donde Maxen Wledic radicó la corte principal de su imperio. Para ello se hizo traer tierra desde Roma, para que así resultasen más sanas para el emperador las tareas de dormir, sentarse o pasear. Para las restantes fortalezas se eligieron las regiones de Kaer Llion y Kaer Virddyn.

Siete años permaneció Maxen Wledic en Bretaña sin que surgieran contratiempos apreciables en su reinado, pero por aquel entonces las costumbres romanas establecían que todo emperador que permaneciera en el extranjero por más de siete años, debía quedarse en el lugar y perdía el derecho de regresar a Roma, donde se nombraba un reemplazante. Con tal motivo, Maxen recibió en Kaer Llion una carta amenazante escrita por el nuevo regente, en la que le prevenía que no volviera, so pena de ser ajusticiado.

Pero la carta tuvo un efecto contrario al previsto y despertó la ira de Maxen, que inmediatamente se puso en marcha con sus tropas en dirección a Roma. En el camino sometió a Francia, Borgoña y a todas las comarcas que se encontraban en su camino hacia la capital, a la que puso bajo asedio durante más de un año, aunque sin obtener resultados positivos.

. Al cabo de ese año infructuoso, los hermanos de Elen Lluyddawc se agregaron al ejército de Maxen con una armada pequeña en número, pero compuesta por guerreros de tal envergadura que su efectividad era mayor que la de una de doble cantidad de soldados romanos. El emperador de la ciudad sitiada fue advertido de esta contingencia cuando sus observadores vieron a esta pequeña pero disciplinada tropa adosarse al ejército enemigo y desplegar sus pabellones.

Lo primero que Kynan y Adeon, hijos de Eudav y hermanos de Elen, hicieron al reunirse con el ejército de Maxen fue ir a recibir órdenes de su cuñado, pero mientras miraban juntos la forma desmañada en que los soldados romanos se lanzaban al asalto de las murallas, decidieron, de común acuerdo, intentar otro método menos esforzado y más efectivo de romper el cerco.

Para ello, midieron durante la noche la altura de las murallas y enviaron al bosque a sus carpinteros, con la orden de construir escalas, una para cada cuatro soldados.

Según las costumbres de la época, durante el mediodía los dos jefes enemigos tomaban sus comidas diurnas, por lo que las acciones bélicas se detenían por ambas partes, hasta que ambos terminaban de comer. En aquella oportunidad, sin embargo, los hombres de la isla de Bretaña tomaron su almuerzo más temprano, y bebieron hasta sentirse entonados para la batalla; y entonces, aprovechando el momento de tregua para el almuerzo, los bretones avanzaron contra las murallas y pusieron sus escaleras, logrando penetrar a la fortaleza al amparo de la sorpresa. Y antes que el nuevo emperador tuviera tiempo de reagrupar a sus tropas, lo sorprendieron y lo mataron, al igual que a la mayoría de los jefes y capitanes que pudieron encontrar. A pesar del factor sorpresa, sin embargo, invirtieron tres días con sus respectivas noches para someter a la totalidad de los hombres y apoderarse de la fortaleza. Mientras tanto, parte de la tropa bretona se ocupaba de impedir el acceso a las murallas a todo soldado de la armada de Maxen, antes de finalizar la tarea de limpieza que se habían adjudicado. Sorprendido por aquella actitud, Maxen comentó a Elen:

–Me extraña mucho que no haya sido en mi nombre que tus hermanos conquistaran la ciudad.

–Emperador –contestó ella–, mis hermanos son los hombres más valientes y más sabios del mundo. Ve tú mismo a reclamársela, y si son ellos quienes se han apoderado de ella, seguro que te la ofrecerán gustosos.

Así que ambos se dirigieron a pedirles que le entregaran la ciudad sometida, y los hermanos respondieron que la conquista de Roma y su rendición incondicional sólo se debían al esfuerzo de los soldados bretones, pero luego las puertas fueron abiertas de par en par y el emperador se sentó nuevamente en su trono, donde los romanos conquistados le rindieron el debido homenaje.

En agradecimiento a los servicios prestados, Maxen se reunió con Kynan y Adeon, y les dijo:

–Caballeros, ha sido gracias a vuestra astucia y valentía que he recobrado enteramente mi imperio. Por lo tanto, os ofrezco esta armada para que sometáis cualquier parte del mundo que deseéis.

Siguiendo su consigna, los hermanos de Elen se pusieron en campaña y sometieron feudos, fortalezas y ciudades amuralladas, donde mataban a los hombres pero dejaban con vida a las mujeres. Y así continuaron hasta que los jóvenes que con ellos se habían iniciado en las artes de la guerra fueron hombres de cabellos grises, cansados ya de luchas y de conquistas.

Llegados a ese punto, Kynan preguntó a Adeon, su hermano menor, si prefería quedarse exiliado en esas lejanas regiones, o si prefería retornar a la patria. El menor eligió la última opción, y muchos de sus jefes principales opinaron igual, por lo que Kynan permaneció en el último país sojuzgado, con el resto de las fuerzas.

Y así es como culmina esta narración, llamada "El ensueño de Maxen Wledic, emperador de Roma".

LA HISTORIA DE BENDIGEIT VRAN Y SU HERMANA BRANWEN

l rey Bendigeit Vran, más popular por su apodo de "Bran el Bienaventurado", fue considerado por muchos como el monarca más prudente y sabio de toda Britania. Su característica física principal era su colosal estatura, que le impedía vivir en una morada normal, ya que no existía ninguna que tuviera cabida suficiente para él.

En sus acciones de gobierno, si bien vivían con Bendigeit su hermano Manawyddan, hijo como él de Llyr, y su hermana Branwen, el rey confiaba ciegamente en el consejo de sus dos hermanastros Nissyen y Evnissyen, ambos hijos de su misma madre, Penardun, pero concebidos por ella con Eurosswyd. Sin embargo, sus dos medio hermanos tenían caracteres totalmente opuestos: mientras Nissyen era un joven gentil, amable y de naturaleza moderada e indulgente, Evnyssien tenía un temperamento violento, amigo de la venganza y la brutalidad. Conociendo estas características, cuando Bendigeit solicitaba su consejo, hecho muy frecuente, siempre llegaba a la conclusión de que el término medio entre ambos era el más justo y equitativo, y era el que siempre adoptaba. Como resultado de esta mediación, Bendigeit se había granjeado la fama de ser el rey más sabio y más justo de toda Europa, mientras que sus hermanastros parecían odiarse, pues constantemente se encontraban compitiendo entre sí por el favor real.

Una tarde, encontrándose el rey con su familia y parte de la corte sentados en una roca del acantilado de Harlech, al norte de

Gales, pudieron ver desde allí la llegada de una enorme flota que se acercaba desde Erín, a través del *Mor Irwerddon*.[1] Los barcos parecían nuevos y bien equipados, y cuando estuvieron más cerca, pudieron ver, de pie sobre la cofa, a un marinero sosteniendo en alto el gran *umbo*, un escudo colocado boca arriba, en señal de paz.

Como lo indicaba la tradición, el monarca destacó inmediatamente una comisión protocolar hacia el puerto, a los efectos de averiguar a quién pertenecía aquella gran flota y darles la bienvenida correspondiente. Así se enteró por los mensajeros que los navíos pertenecían al rey Matholwch, de Irwerddon, que había llegado desde su país con el único propósito de pedir la mano de Branwen, la hermana del rey, en matrimonio. Ante este pedido, Bran no pudo menos que alegrarse, al igual que Nissyen –quien le aconsejó prontamente que aceptara– ya que de esa forma se sellaría una sólida alianza entre Irlanda y Britania, unión que aseguraba a ambos países un halagüeño porvenir. Evnissyen se encontraba momentáneamente fuera de la ciudad, pero ni Bran ni Nissyen dudaron por un momento que el hermano mellizo de este último compartiría su decisión.

Para festejar el acontecimiento, Bendigeit ordenó preparar un opíparo banquete, en el que las bendiciones y los deseos de felicidad se prodigaron entre ambas facciones y, hacia la hora de las canciones y las libaciones, como era la costumbre, se estableció que la boda se celebraría en la ciudad de Aberffraw, donde se alojarían en tiendas, ya que ningún edificio de la región era capaz de albergar el gigantesco físico de Bran. Y así, hasta el final de la noche, aquel primer encuentro se desarrolló en medio de mutuas demostraciones de alegría y amistad, y Branwen se convirtió en el centro de la fiesta, como prometida del rey de Irwerddon, con quien esa noche consumó su matrimonio.

Y todo habría continuado del mismo modo, si no hubiera sido porque Evnissyen, a su regreso, manifestó su total oposición a la decisión tomada por Bendigeit. En realidad, Evnissyen no veía con malos ojos la idea de la boda, pero le molestaba terriblemente el hecho de que el rey hubiera tomado una determinación sin esperar su consejo. Y dado que Bendigeit no parecía dispuesto siquiera a considerar una retractación, Evnissyen decidió sabotear el compromiso.

Para ello, esa noche se introdujo furtivamente en los establos de palacio, donde se encontraban los caballos de Matholwch, y mutiló a las indefensas bestias, cortándoles los belfos hasta las encías, de modo que mostraran sus dentaduras, les seccionó las orejas a ras del cráneo y les arrancó los párpados para que no pudieran volver a dormir en su vida.

Por supuesto, cuando el rey de Irwerddon descubrió a sus caballos tan brutalmente mutilados se sintió a la vez engañado y furioso, de modo que mató a los pobres animales y de inmediato se hizo a la mar, llevándose a toda su comitiva, no sin antes jurar que se vengaría de sus ofensores galeses. Sin embargo, antes de que zarparan, Bendigeit hizo un nuevo intento de concertación, enviando a su hermano Manawyddan y un séquito de nobles, entre los que se contaban Iddic, hijo de Anarawc, y Eveydd Hir, con el propósito de ofrecer a los irlandeses una reparación.

Como medida de buena voluntad, los mediadores ofrecieron un acuerdo: los hombres de Matholwch obtendrían, por cada caballo que habían perdido, uno mejor que el que había sido maltratado, y al rey, por su parte, le sería ofrendado un lingote de plata tan alto y tan grueso como su propio cuerpo y una bandeja de oro rojo del diámetro de su rostro. Desafortunadamente, Bran nada pudo hacer acerca de Evnissyen, como el rey *gwyddyl*[2] pretendía, ya que, por ser hijo de su propia madre, no podía hacerlo decapitar como se lo merecía y era también su deseo.

Finalmente, al ver las vacilaciones y cabildeos de los nobles de Irwerddon, Bendigeit decidió agregar a los regalos prometidos un gran caldero mágico con un poder invalorable para un rey: si se colocaba dentro de él a un hombre que hubiera sido recientemente herido o muerto en combate, saldría del caldero por sus propios pies y completamente sano, excepto por haber perdido el don de la palabra. A todas luces, se trataba de un objeto sumamente valioso para un rey, de modo que Matholwch olvidó sus reclamos y preguntó a Bendigeit cómo había obtenido el caldero, ya que alguna vez había oído hablar de uno semejante en su propia tierra, Irwerddon, pero nunca en poder de un mortal.[3]

–Es muy probable que se trate del mismo, señor –confirmó Bendigeit–, ya que lo obtuve de dos personas que provenían de Irwerddon: Llassar Llaes Gyngwyd y su esposa Kynidei Kymeinvoll.

–Por supuesto que los conozco a ambos –replicó Matholwch–, pues los alojé una vez como invitados y resultaron la pareja más sucia y villana que he conocido en mi vida. El hombre, Llassar, no es más que un borracho fanfarrón, y su mujer, una cerda lujuriosa que trató de seducir a todos mis nobles, aunque ninguno de ellos quiso yacer con ella, por su falta de higiene y su mal aliento.

–Entonces –preguntó Bran– ¿cómo fue que permitisteis que se quedaran?

–Los toleré porque son demasiado importantes y poderosos para ser echados, y porque la mujer puede, por artes mágicas, dar a luz cada seis semanas a un guerrero aguerrido y valiente, completamente armado, aunque no totalmente humano, debo decir. De hecho, tres de esas criaturas han venido conmigo en este viaje –acercándose a la ventana señaló a su través a tres monstruosas criaturas absolutamente idénticas, tan fuertes como robles y tan altas como los muros del castillo.

–Tan sólo cuando mis súbditos me amenazaron con una revuelta para destronarme –finalizó Matholwch– consentí en deshacerme de esa malhadada pareja.

–Para librarme definitivamente de ellos –recordó Matholwch– hice construir en secreto una enorme estancia de placas de hierro, disfrazada como un salón de banquetes, e invité a Llassar y Kynidei a un gran festín, a los cuales eran muy aficionados. Una vez que ambos estuvieron completamente ahítos y abotagados por el *mead*, los demás comensales se escabulleron secretamente, tras de lo cual hice que los sirvientes tapiaran las puertas y prendieran un gran número de hogueras que estaban preparadas y disimuladas alrededor del salón. De ese modo, la habitación se transformó en un enorme horno en el que los dos desgraciados comenzaron a quemarse como si fueran trozos de cordero –concluyó riendo el rey de Irwerddon.

–Pero antes de quemarse del todo– continuó Matholwch–, Llassar y su esposa comenzaron a bramar como toros en celo, lanzándose contra los muros de metal y, si bien éstos al principio resistieron los embates, al poco tiempo comenzaron a ablandarse con el calor, y Llassar, cubriéndose la cabeza con el caldero, embistió contra ellos, atravesándolo y precipitándose ambos al Mar de Irlanda para enfriarse, tras de lo cual se marcharon utilizándolo como embarcación.

El rey Bendigeit se rió y retomó el relato:

–Recuerdo perfectamente su llegada. Se quedaron impresionados por mi estatura, pero parecían haber escarmentado por el tratamiento que habían recibido en Erín, así que aceptaron retirarse a vivir tranquilamente en las colinas detrás de Harlech y engendrar un nuevo soldado para mis ejércitos cada seis semanas, a cambio de que yo les proporcionara comida y alojamiento.

Finalmente, la promesa de nuevos caballos para su caballeros, los regalos en metálico para él mismo y la distendida y amena charla sobre las experiencias pasadas con la monstruosa pareja lograron calmar al enojado monarca, quien aceptó de buena gana sus preseas y embarcó con su esposa de regreso a Irlanda, donde Branwen fue calurosamente recibida por los nobles y cortesanas de la corte. Y al cabo de un año cabal, Branwen proporcionó al reino un heredero al trono, que fue bautizado con el nombre de Gwern y enviado fuera del reino para su educación, como lo dictaba la tradición .

Sin embargo, y aunque el rey estaba más que influido por la impactante belleza de Branwen, el paso del tiempo y las maquinaciones e intrigas de los nobles irlandeses, que no olvidaban la injuria infligida por Evnissyen, lograron por fin su cometido, y Branwen fue poco a poco relegada a las tareas de las cocinas de palacio, como una humilde sirvienta. Sin embargo, Matholwch no las tenía todas consigo y, temeroso de las consecuencias que su acción podía desencadenar, especialmente si lograba despertar las iras de Bendigeit ante el insulto sufrido por su hermana, prohibió todo tipo de navegación, hasta el más pequeño *curragh*,[4] entre Irlanda y cualquier puerto de Britania, y cualquiera que llegaba de esas tierras era deportado sin permitírsele el ingreso a Irwerddon.

Pero Branwen no era mujer de quedarse con los brazos cruzados ante una afrenta semejante, y utilizó como correo a un pequeño estornino que había recogido al caerse del nido, al cual, ayudada por las artes mágicas heredadas de su madre Penardun, había enseñado a hablar. Así, cuando el pichón estuvo en condiciones de entenderla, le contó todos sus padecimientos y le rogó que cruzase el Mor Irwerddon para revelarle a su hermano la situación en que se encontraba.

El ave, que la adoraba por haberle salvado la vida, voló sin descanso hasta llegar al palacio de Bendigeit en Harlech y le contó lo que sucedía con su hermana, ante lo cual el monarca montó en una cólera tal, que las murallas de la fortaleza temblaron ante su furia. Inmediatamente ordenó que se alistaran las naves de guerra y partieran a hacer pagar caro a los irlandeses su inmenso insulto. El mismo rey comandaría las acciones, y por primera vez en su vida Nissyen y Evnissyen estuvieron de acuerdo que aquélla era la decisión más adecuada, aunque el último de ellos, coherente con su carácter, agregó que "no debía dejarse piedra sobre piedra de ese país de bárbaros".

La flota galesa que se puso al servicio de Bendigeit era tan numerosa que sus barcos impedían que se pudieran ver las aguas, y si bien el rey era demasiado grande para poder trasladarse en barco, lo solucionó rápidamente, vadeando el Mor Iwerddon sobre sus propios pies, y dejando Britania bajo la regencia de su hijo Caradawc y otros seis jefes de Estado.

Cuando la armada galesa comenzó a acercarse a la costa de Leinster, en la región oriental de la Isla Esmeralda, contradictorios informes comenzaron a llegar a los oídos de Matholwch; uno de los soldados la divisó a la luz del atardecer, pero las dimensiones de la flota, el número de barcos y la penumbra le impidieron precisar lo que estaba viendo, por lo que informó al rey que "había visto acercarse algo monstruoso, que parecía un bosque navegando a favor del viento, junto al cual se desplazaba una enorme montaña con un elevado risco en su parte central, con un lago a cada lado".

Ante la imposibilidad de saber de qué se trataba, uno de los nobles recordó a la antigua esposa del rey, exiliada en la cocina, y aconsejó que enviaran a alguien en su busca, porque aquello "era algo que venía de Gales, y ella, como galesa, debía saber de qué se trataba". Siguiendo su consejo, Branwen fue mandada a buscar, y se le pidió que explicara, si podía, qué era aquella monstruosidad que se acercaba desde Britania.

–Eso significa, simplemente, que ahora conoceréis el poder de los galeses que vienen a vengarse de la injuria que me habéis infligido –explicó a Matholwch, hermosa y atractiva aún, a pesar de su apariencia sudorosa y despeinada por los trajines de la cocina–. Esos árboles que han creído ver tus hombres no son sino los mástiles y las vergas de la flota de Britania, tan apretados sobre el mar que se asemejan a un bosque. Y la cordillera con lagos al norte y al sur es, sencillamente, el enorme rostro de mi hermano; el risco central es su nariz, y los lagos, sus ojos azules. Pobre Matholwch, ha llegado la hora de que empieces a temer por tu reino y quizás también por tu vida.

Inmediatamente, el rey de Irlanda convocó a todos sus nobles a un consejo de guerra y, tras largas horas de deliberación, decidieron retirarse hacia las fuentes del Liffy, destruir el puente y tratar de interceptar a los galeses en el río, aprovechándose de su profun-

didad y evitando que lo cruzaran. En un primer momento, la estrategia pareció funcionar ya que, cuando los soldados de Bran quisieron remontar el Liffy con sus embarcaciones, éstas no podían vencer la fuerza de la corriente y eran arrastradas hacia el mar.

Pero los recursos de Bendigeit estaban muy lejos de haberse agotado y, cuando vio que sus tropas se encontraban estancadas, tomó una decisión heroica: se calzó su fuerte casco de combate, colocó un escudo sobre su espalda, como un caparazón, y se acostó sobre el río, de manera que sus pies quedaron sólidamente afirmados en la margen del lado de sus hombres y su cabeza firmemente apoyada en la otra orilla. De esa forma, construyó un verdadero puente humano que permitió a sus tropas cruzar al otro lado para atacar a los irlandeses por sorpresa. En recuerdo de esta gesta, el escenario de la batalla fue bautizado con el nombre de *Baile Atha Cliath* ("que el que es jefe, sea puente"), nombre con el que aún se lo conoce.[5]

Cuando el rey Matholwch comprendió que sus tropas eran impotentes para resistir el ataque galés, decidió probar con el engaño: mandó construir una estancia suficientemente espaciosa para albergar a Bendigeit, e invitó al jefe enemigo a un gran banquete, con la excusa de negociar un cese de las hostilidades. Según dejó entrever por intermedio de sus emisarios, Matholwch estaba dispuesto a abdicar el trono de Irlanda en favor de Bendigeit, idea que, en realidad, fue sugerida por Branwen, con el propósito de poner fin a la guerra.

Sin embargo, los jefes irlandeses decidieron agregar un pequeño detalle al plan de Branwen: para ello, fijaron dos sólidos ganchos de cada uno de los cien pilares que sostenían el techo de la gigantesca habitación, y de cada gancho se colgó una bolsa de cuero, con un guerrero armado escondido dentro de ella; de esta forma, cuando Bendigeit y sus capitanes se encontraran cenando y hubieran consumido suficiente *mead*, doscientos de los hombres de Matholwch caerían sobre ellos y los asesinarían a mansalva.

Al proponérsele la tregua, Bendigeit aceptó encantado, en parte porque él también quería terminar con la guerra, y en parte porque jamás había estado dentro de una habitación techada en la que cupiera holgadamente, y eso era algo que deseaba fervientemente experimentar.

Pero lo que los ancianos del Consejo *gwyddyl* no pudieron

prever, fue que Evnissyen, el hermanastro de Bran y uno de sus asesores, ingresara al enorme salón antes que la comitiva galesa y notara un extraño movimiento en uno de los sacos de cuero colgados de las columnas.

–¿Qué hay en esas bolsas? –preguntó, llevado por su espíritu suspicaz.

–Alimentos, mi señor –respondió prontamente el encargado del salón.

Pero Evnissyan, no conforme con la respuesta, palpó disimuladamente uno de los sacos, hasta que localizó la cabeza del soldado oculto en su interior y le apretó el cráneo hasta que sus dedos atravesaron el cerebro del hombre, matándolo inmediatamente, sin que pudiera emitir el más mínimo sonido. Luego, Evnissyen se acercó a la segunda bolsa y repitió la operación, haciendo lo mismo, sucesivamente, con el ocupante de cada una de las ciento noventa y ocho bolsas restantes. Muchos de los soldados irlandeses que se encontraban presentes se dieron cuenta de la maniobra del consejero, pero ¿qué podían hacer para contrarrestarla? Gritar pidiendo ayuda hubiera sido tanto como reconocer la traición, así que no tuvieron otro remedio que permanecer callados mientras Evnissyen acababa silenciosamente con los doscientos hombres, uno tras otro.

Poco tiempo después llegaron los reyes con sus correspondientes comitivas y se dio comienzo al banquete, durante el cual ambos soberanos se manifestaron su mutuo aprecio y se juraron amistad y respeto eternos, tras de lo cual Matholwch envío en busca de Branwen, quien entró en el salón vestida con un lujoso vestido dorado y abundantes joyas, para demostrar a Bendigeit que se encontraba bien. Sin embargo, para evitar que el rey galés fuera engañado en su buena fe, Evnissyen le contó en un aparte la traición de los soldados ocultos en los sacos, poniendo de manifiesto la artera intención de los irlandeses.

Pero Nissyen, por su parte, fiel a su carácter apaciguador y sereno, imploró al rey galés que aceptara la paz que Matholwch le ofrecía, y resultó tan convincente y sensato, que Bendigeit finalmente aceptó la rendición que el monarca *gwyddyl* le ofrecía. Sin embargo, Evnissyen, que no terminaba de asimilar lo que consideraba una traición de los irlandeses, intervino diciendo:

–Mi señor Bendigeit, aceptemos el trato, pero a condición de que vuestro sobrino Gwern, hijo de Matholwch y Branwen, sea nombrado rey de Irlanda y vos os convirtáis en su regente.

La propuesta de Evnissyen le pareció justa a Bendigeit, como homenaje a lo que su hermana había sufrido, y fue aceptada por Matholwch, tras lo cual el príncipe Gwern recorrió todo el perímetro del salón, siendo abrazado por todos los presentes, hasta llegar al sitial en que se encontraba Evnissyen, quien, antes que nadie pudiera impedirlo, lo atrapó por los pies y lo arrojó en dirección a la chimenea. El niño cayó sobre las piedras, quebrándose el cráneo y sus sesos ardieron sobre las piedras del hogar.

Inmediatamente se desató una cruenta batalla dentro de la habitación. Los irlandeses, furiosos por la afrenta, se arrojaron contra los galeses, confiados en la ayuda de los hombres ocultos en las bolsas que, para su desconcierto, nunca llegó. La batalla, furiosa y sin cuartel, se prolongó hasta la caída de la noche y los jefes irlandeses, comprendiendo que se encontraban en inferioridad de condiciones, calentaron el caldero mágico que Bendigeit había regalado a Matholwch y, aunque los galeses mataban más soldados de los que perdían, esa ventaja se veía compensada con creces con los hombres que regresaban de la muerte.

Pero entonces, Evnissyen, viendo que había matado al mismo hombre dos veces, comprendió la táctica de los irlandeses y se sintió profundamente acongojado por haber puesto a sus compañeros en esa situación. Para compensarla, luchó hasta llegar junto al caldero, se zambulló dentro y presionó con los pies y la espalda contra las paredes hasta que el recipiente se partió en mil pedazos. Desafortunadamente, el esfuerzo realizado fue demasiado para su corazón y el hermano de Nissyen pagó con su vida el tremendo error de haber matado al príncipe heredero.

Finalmente, ante la imposibilidad de revivir a sus huestes, los soldados irlandeses fueron cayendo uno a uno, hasta que todos perecieron, mientras que por el lado galés sólo sobrevivieron, además de Bran, quien había sido herido en un pie por una flecha envenenada, siete guerreros: Prydery, Mannawyddan, Gliuieri eil Taran, Talyessin, Ynawc, Grudyen eil Murespel y Heilyn eil Gwyn Hen.[6] Sintiéndose al borde de la muerte y dirigiéndose a los dos primeros entre los sobrevivientes galeses, Bendigeit les ordenó:

—Deseo que, cuando muera, me cortéis la cabeza y la llevéis con vosotros a Llundein (Londres), donde deberéis enterrarla en el

Gwynn Vryn (Monte Blanco), mirando hacia Francia. Mientras ella permanezca allí, ningún enemigo podrá invadir el territorio de Britania. Durante el viaje, mi cabeza conversará con vosotros, y se convertirá en una compañía tan amable y amena como yo mismo lo he sido en vida. Sin embargo, tardaréis ochenta y siete años en llegar a destino, pues encontraréis innumerables motivos de demora a lo largo de vuestro camino. La primera demora se producirá en Harlech, donde pasaréis siete años entre fiestas y torneos, jactándoos de vuestras hazañas en Irlanda, mientras los pájaros de Rhyannon cantan dulcemente para vosotros.

"Luego partiréis hacia Penvro (Pembroke), en Gwales (Cornwall), donde os demoraréis los otros ochenta años en el castillo del hospitalario rey Myldrweyd, mientras mi cabeza permanece incorruptible, recordándoos los detalles de la batalla de Irlanda, hasta que abráis la puerta que da hacia Cornwall y Aber Henvelyn. En ese momento deberéis apresuraros en partir hacia Llundein y enterrar mi cabeza".

Y la profecía se cumplió al pie de la letra; tan pronto como Bendigeit murió, sus amigos separaron su cabeza del gigantesco cuerpo y partieron en cumplimiento de su pedido, llevando consigo a Branwen, pero ésta, tan pronto como pisó tierra en Aber Alaw, exclamó:

–¡Desdichada de mí por haber nacido! ¡Dos islas han sido totalmente destruidas por mi culpa! –Y diciendo esto, emitió un desgarrador gemido y su corazón cesó de latir.

A su muerte, los siete jefes galeses, portando la cabeza, se dirigieron a Harlech, donde permanecieron siete años escuchando los trinos de los pájaros de Rhyannon; luego partieron rumbo a Cornwall, y allí se alojaron durante ochenta años en un hermoso castillo, olvidando durante ese período todas las penurias pasadas y conversando con la cabeza como si fuera un contertulio más. Acorde con la profecía, el salón principal del castillo contaba con tres puertas, de las cuales dos estaban abiertas, y la tercera, la que conducía hacia Cornwall y Aber Henvelyn, permanecía cerrada. Pero al cabo de cierto tiempo (ellos no lo sabían, pero habían transcurrido exactamente ochenta años) Heilyn, hijo de Gwyn, exclamó:

–¡Que los dioses me condenen si no abro la tercera puerta, para ver si lo que fue dicho se ha cumplido!

Y con estas palabras la abrió, y de inmediato la pena y el

recuerdo cayeron sobre ellos, que se apresuraron a emprender el camino hacia Londres, donde enterraron la cabeza en Gwynn Vrynn, asegurando así que el territorio de Britania no sería afectado por plaga o enemigo alguno mientras la cabeza permaneciera en su escondite.

La verde Irwerddon había quedado deshabitada, con la sola excepción de cinco mujeres embarazadas, que se habían ocultado de la guerra en una gruta de las montañas de Wicklow. Esas mujeres parieron en la misma época cinco hijos varones, a los cuales criaron y educaron hasta que llegaron a una edad en que comenzaron a pensar en mujeres y a desearlas. Entonces, cada uno de ellos yació con la madre de otro y repoblaron la isla. También gobernaron el país, para lo cual lo dividieron en cinco reinos, que dieron origen a las cinco partes en que se divide actualmente Irwerddon.[7]

Y así culmina esta rama del *Mabinogion*, que trata de la afrenta que Matholwch infiriera a Branwen, la lucha de Bandigeit Vran por vengarla y del viaje de su cabeza que durara ochenta y siete años.

ΠΟΤΑS

Algunos conceptos previos

1. Tuan McCarrell protagoniza una de las versiones cristianizadas de la Historia de las Invasiones, narrada por San Finnen, un clérigo cristiano que habría existido hacia el siglo VIII d. C. Existen tres versiones de esta leyenda: la del *Leabhar Gabhalla* (véase nota 5), la del manuscrito *Laud* de la Biblioteca Boedliana y el códice H. 3. 18 del Colegio de la Trinidad de Dublín, las dos primeras del siglo XII y la tercera del XVI.

2. El *Tain bo Quailnge* (lit.: "El robo del toro de Cooley") constituye la epopeya nacional irlandesa, similar a *La Ilíada* para los griegos o *Beowulf* para los ingleses. La leyenda sobrevivió gracias a tres antiguos manuscritos irlandeses: el *Libro de Dun Cow*, el *Libro amarillo de Lecan* y el *Libro de Leinster*, escritos entre los siglos VIII y XI.

3. Erín: nombre poético antiguo del territorio hoy ocupado por la actual República del Eire (Irlanda), el Ulster (Irlanda del Note), parte de Escocia, Gales, Cornwall y la región occidental de la mayor de las Islas Británicas.

4. *Filidh*: plural de *fili*, una de las etapas finales en la jerarquía druídica, cuyos integrantes eran los encargados de cantar y recitar las tradiciones celtas en reuniones públicas, y fueron quienes las transmitieron a los recopiladores cristianos cuando éstos se instalaron en Irlanda.

5. *Eireann Leabhar Gabhalla*: literalmente, "Libro de las invasiones a Irlanda"; si bien los recopiladores cristianos transcribieron las leyendas en latín, el título se mantuvo en lengua *irish gaël*, o gaélico irlandés, idioma derivado del antiguo *goidelic*, también denominado gaélico o "protocelta" (véase *Los celtas: mitos, magia y tradición*, en esta misma colección).

6. Si bien aún no se ha llegado a una conclusión definitiva, se asume que el término *mabinogi* es de origen galés antiguo (*welsh*), lengua derivada del *goidelic*, utilizada en la región del acual País de Gales, al suroeste de Inglaterra. De cualquier manera, el *Mabinogion* es un compendio de leyendas galesas

recopiladas, al igual que el *Leabhar Gabhalla*, por amanuenses cristianos entre el siglo XI y el XIV.

La historia mítica de Irlanda

1. En la mitología griega, Circe era una hechicera que podía transformar a los hombres en animales. Cuando Ulises –rey de Itaca, héroe de Troya y protagonista de *La Odisea*– y sus hombres arribaron a su isla, Circe los transformó en cerdos, y sólo pudieron recuperarse con la ayuda de Hermes, quien les proporcionó un antídoto contra las artes de la hechicera.

2. *Fir-āllom*: término proto-celta que significa, literalmente, "extranjeros de más allá del mar".

3. *Curragh*: embarcación ligera, de armazón de madera forrada en cuero, similar a los kayaks esquimales, aunque con la parte superior abierta, utilizada para navegar y pescar en los ríos y aguas marinas someras.

4. Véase *Los celtas: magia, mitos y tradición*, págs. 107 y 170, de esta misma colección.

5. *Mead*: considerada "la bebida de los dioses", se preparaba mezclando miel con una especie de cerveza muy fuerte, obtenida mediante la fermentación de avena o cebada perlada.

6. *Sidhi*, plural de *sidh*: término *irish gaël* (*sith* en *scotish gaël*) que designa los túmulos enterratorios celtas antiguos, a los que se supone que se retiraron los *tuatha de Dannan* cuando abandonaron el gobierno de Erín en manos de los *milesios*. También se los considera la morada de las hadas, duendes y otras criaturas feéricas (véase *Hadas, duendes y otros seres mágicos celtas*, en esta misma colección.

La saga de Tuan McCarrell

1. *Mead*: véase nota 5 de "La historia mítica de Irlanda".

2. Según el manuscrito *Laud*, Tuan McCarrell habló de "trescientos y doce años", lo que demuestra que la versión oral de la leyenda no mencionaba el Diluvio, que constituye una licencia tomada por los recopiladores cristianos. Por otra parte, el agregado de la fecha podría significar una conversión del sistema cronológico celta al calendario cristiano.

3. Prolongada hoy como la fiesta de Halloween, *Samhain* (lit., "fin del verano") era originalmente una festividad celta de los muertos y el comienzo del invierno, celebrada durante la última noche del año druídico, es decir el 31 de octubre, precedente al día de Todos los Santos.

4. Existe cierto consenso en considerar a los *fir-bolg* como los posteriores pobladores de Bélgica (Belgium), y a los *fir-domnann* como los posibles ancestros de los históricos *dumnonios* que habitaron Cornwall. Esto permitiría considerar esta parte de la leyenda como un punto de confluencia entre el mito y los hechos históricos reales.

5. d'Arbois de Jubainville, en su análisis de *El ciclo mitológico irlandés y la mitología céltica*, destaca "la forma sutil y piadosa en que el anónimo amanuense medieval que recopiló la leyenda de Tuan McCarrell trató de

lograr la aceptación de la leyenda por parte del clero cristiano, insinuando que el protagonista, transformado en águila, cree en el único y verdadero Dios, mientras que los hombres permanecen bajo el dominio del demonio, pues viven en el paganismo".

6. Término compuesto por los vocablos *tuatha* (tribu o grupo de clanes) y *Dana*, diosa madre del panteón celta, cuyo reinado en la tierra se centró en la colina de Tara, en el centro de Irlanda, donde se dice que se recluyeron los *tuatha* al término de su reinado sobre Erín.

7. Nuevamente, el sutil amanuense cristiano transforma a uno de los dioses paganos en una figura terrestre, pasible de ser aceptada por la grey cristiana a la que iba destinada su trascripción.

8. *Scatagh*: diosa del panteón celta arcaico, protectora de los herreros y orfebres. Habitaba en la Isla (o Tierra) de las sombras, identificada por muchos autores como la mayor de las Hébridas Exteriores (véase *Los celtas: magia, mitos y tradición*, en esta misma colección). Como en muchas trascripciones cristianas, la imagen de la diosa ha sido "humanizada" por los recopiladores.

9. *Ghalad bolg*: literalmente, en *irish gaël*, "centella ígnea", arma mágica creada por el druida Cyan y fabricada exclusivamente por Scatagh para ser usada por Lugh, el del Largo Brazo en su batalla contra los *formoré*. Consistía en una especie de arpón que se arrojaba con los pies, y que estaba provisto de agujas en forma de barbas, que se desprendían de la hoja en el momento de penetrar en el cuerpo del enemigo, matándolo instantáneamente.

10. En la versión del códice conservado en el Colegio de la Trinidad de Dublín, el ojo de Balor, arrancado de su órbita por la violencia de la piedra, cae al suelo, matando con su mirada letal a las tropas *formoré* que avanzaban detrás de él.

11. Según algunos lingüistas, el nombre *milesio* proviene de la palabra latina *miles*, que significa "soldado"; se dice que fueron estos soldados procedentes de España (por aquel entonces Iberia) quienes bautizaron a la nueva tierra con el nombre de su lugar de origen, que luego derivó al de "Hibernia" con que se conoció a Irlanda durante gran parte de la Edad Media.

12. La "novena ola desde la orilla" posee en este caso connotaciones mágicas, considerándosela como una barrera druídica a partir de la cual un hechicero poderoso podía crear un encantamiento que impidiera a una nave arribar a tierra. Según algunos lingüistas, el concepto podría proceder de una característica peculiar de esa parte de la costa y sus vientos dominantes. Esta teoría parece estar avalada por el hecho de que no se registra una referencia similar en otra parte del mundo.

El joven CuChulainn

1. Según otras versiones, el matrimonio se consumó de acuerdo con las costumbres celtas de la época, que indicaban que el hermano de un hombre muerto debía hacerse cargo de su esposa y sus hijos si los tuviera.

2. *Brug na Boyne*: literalmente, "morada de Boyne", diosa del solsticio de invierno, esposa de Nechtan, el equivalente celta del Neptuno griego. Se trata

de un monumento megalítico, conocido también como "túmulo de New-grange", y posee la característica de que, durante el solsticio de invierno, los rayos del sol naciente penetran por una apertura practicada intencional-mente sobre el portal de entrada al pasaje de acceso, y alumbra la cámara principal con una luz espectral que la tradición celta asocia con la presencia de la diosa.

3. Este tipo de transformaciones es muy común en las leyendas celtas, creadas por los dioses para entrar en contacto con los humanos, y suele encontrarse tanto en los cuentos irlandeses como galeses, bretones y galos.

4. En la mitología celta, Lugh Lanfada (el del Largo Brazo) es uno de los dioses mayores del panteón de los *tuatha de Dannan*, aunque en muchas de las trascripciones cristianas aparece como un guerrero invencible, pero con características definitivamente humanas, como una forma de mitigar el trasfondo pagano de las leyendas orales originales.

5. Véase nota 6 de "La historia mítica de Irlanda".

6. Véase nota 4 de "Algunos conceptos previos".

7. Véase nota 8 de "La saga de Tuan McCarrell".

8. Según la interpretación más aceptada, se trataría del propio padre de CuChulainn, Lugh Lanfada, "Lugh, el del Largo Brazo" (véase nota 4).

9. Véase nota 9 de "La saga de Tuan McCarrell". En esta ocasión, la diosa-guerrera entrega el arma también a CuChulainn, hijo de Lugh. Irónicamente, CuChulainn toma conocimiento de esta arma de labios de su amigo Ferdia, a quien luego matará con esa misma lanza en el curso de un enfrentamiento personal durante la guerra del *Tain bo Quailnge*.

10. *Geis* (plural, *geasa*): temido hechizo, muy difundido en Irlanda, que involucra una prohibición, una obligación o ambas a la vez. Como prohibi-ción puede impedir cualquier cosa, desde comer un determinado alimento hasta vestir un color, beber cierta bebida o acudir a un lugar. Como obliga-ción constituye un deber ineludible, y el que lo recibe debe cumplir con sus condiciones. El *geis* es el símbolo de una tradición netamente shamánica, que pone de manifiesto la importancia de los encantamientos en un entorno druídico, cuyos detalles se han perdido prácticamente por completo, aunque en algunos lugares de Irlanda aún se respete el concepto de *geis*.

11. Cabe destacar que esta parte de la saga de CuChulainn consta de al menos dos finales: el que se ha visto aquí, que es una traducción directa del que figura en el *Leabhar Gabhalla*, y el que se consigna a continuación, que figura en el códice del Colegio de la Santísima Trinidad de Dublín,

12. *Qwarragh mawn*: literalmente, "fiebre de batalla"; según las leyendas, tanto CuChulainn como otros dioses y semidioses celtas –y que fue conservada por los amanuenses cristianos en el proceso de "humanización", quizás como una forma de compensación–, al entrar en batalla, especialmente en combates prolongados, sufrían una especie de transformación física y psíquica, en la cual su cuerpo se agigantaba, su fuerza se multiplicaba y se apoderaba de ellos una furia asesina que sólo podía calmarse al cabo de cierto tiempo.

Tain bo Quailnge: el gran mito irlandés

1. *Tain bo Quailnge*: literalmente, "El robo del toro de Cooley".

2. Véase *Los celtas: magia, mitos y tradición*, en esta misma colección.

3. La presente adaptación proviene de un facsímil de la recopilación original de Lady Augusta Gregory, aunque con la incorporación de algunos pasajes de la versión del *Libro de Don Cow* que se consideraron relevantes para el tratamiento del tema.

4. Esta diosa/reina es el personaje inspirador de la pérfida reina Mab que Shakespeare incluyó en su obra *Romeo y Julieta*.

5. Literalmente, "el toro pardo de Quaingle", nombre gaélico de la región de Cooley, en el actual territorio de Irlanda del Norte, hoy bajo el dominio británico.

6. Según una narración del bardo Taliasin, Macha es la segunda reencarnación de la diosa homónima (en la primera fue la esposa del rey Nemed) que, casada con un campesino del Ulster, de nombre Crunnchu, lo alivia de su pobreza, proporcionándole salud y riquezas. Sin embargo, la vida disipada y las apuestas de Crunnchu a los dados hacen que el hada, embarazada, se vea acosada por los soldados del rey del Ulster, obligándola a correr persiguiéndola con sus caballos; a causa del esfuerzo, Macha debe refugiarse en un pueblo, donde da a luz a dos mellizos, que luego darán su nombre a la ciudad: Emain Macha. En represalia, arroja una maldición contra los guerreros del Ulster: cuando estén por entrar en batalla, no podrán hacerlo, porque sufrirán los dolores del parto; sólo se verá libre de esta maldición CuChulainn, "el guerrero invencible". No existen demasiados antecedentes de su tercera reencarnación como "Macha la Pelirroja", aunque se la relaciona con un caballo o un animal mítico semejante, y puede comparársela con Rhyannon, "la diosa–yegua" de los *irish gaël*, o Epona, la heroína ecuestre de los *galos*. Según algunos autores, entre ellos Miranda Green, ambos personajes eran la misma diosa, aunque con diferentes nombres.

7. Véase nota 9 de "La saga de Tuan McCarrell" y nota 9 de "El joven CuChulainn".

La muerte de CuChulainn

1. *Geasa*: pural de *geis*; véase nota 10 de "El joven CuChulainn"

2. Véase nota 9 de "La saga de Tuan McCarrell".

3. *Morrigú*: su nombre significa literalmente "la reina de los espectros"; en su papel de diosa de la guerra, se presenta con diversas apariencias frente a los guerreros que van a morir en combate. Según la tradición, se trata de una trilogía de diosas: *Macha* (combate), que se aparecía como un buitre hembra, sólo ante los que iban a morir; *Nemain* (terror), cuyo aspecto horripilante amedrentaba a los soldados hasta hacerles perder las batallas, y *Boabdh* (lit., del goidel *boduh*, "cuervo"), con el que incitaba a los guerreros a la lucha.

4. *Aedh sidhi*: literalmente, "los habitantes de los túmulos"; nombre que recibieron los integrantes de los *tuatha de Danann* cuando, luego de abando-

nar el trono de Erín, se retiraron a su mundo mágico, al cual se accedía a través de los *sidhi* (véase nota 6 de "La historia mítica de Irlanda").

La leyenda de Finn McCumhaill

1. Título otorgado al máximo soberano de Erín, que regía sobre los Cinco Reinos: Ulster, Leinster, Munster, Meath y Connaught.
2. Tradicionalmente considerada como el asiento de los más altos reyes de Erín, la Colina de Tara está ubicada a 32 km al sudoeste de Dublín. Aún luego de sobrevivir a una larga serie de terremotos y guerras, el asentamiento de Tara muestra varias estancias claramente definidas, como el Salón de los Banquetes y el Hemiciclo de los Sínodos. Sin embargo, todas las habitaciones muestran señas de haber sido utilizadas como túmulos funerarios (*sidhi*) durante la época protocelta.

Sadv, la corza dorada y el nacimiento de Oissin McFinn

1. La *Giant's Causeway*, o Calzada de los Gigantes, es uno de los fenómenos geológicos que aún no han obtenido una explicación científica totalmente satisfactoria. Se trata de una región de la costa septentrional de Irlanda, sembrada de rocas basálticas hexagonales y pentagonales, de aspecto tan regular y perfecto que parecen haber sido talladas artificialmente, a tal punto que en una ocasión fueron bombardeadas por los alemanes, durante la Segunda Guerra Mundial, por considerarlas fortificaciones defensivas.
2. *Lough Neagh* en *scott gaël* y *Loch Ness* en *irish gaël*: Lago Negro. Es el espejo de agua dulce más extenso de las Islas Británicas, con una difundida fama como lugar mágico, punto de reunión de hadas, duendes y seres mitológicos y fantásticos, como el actual "Nessie", presunto monstruo o animal antediluviano que habita en sus aguas.

Pwyll, príncipe de Dyffedd, y Arawnn, rey de Anwynn

1. *Cantrevs*: plural del galés *cantref*, división de un reino, estado o provincia .
2. *Yrof y a Duw* (lit., "Gracias a Dios por ello"): expresión galesa (*welsh*) de agradecimiento por un hecho acontecido por obra de la magnificencia divina, sin intervención humana.

Pwyll y Rhyannon, hija de Heffeydd el Sabio

1. *Gorsedd Wulbann*: lit., "Cerro de los prodigios".
2. Véase nota 2 de "Pwyll, príncipe de Dyffedd, y Arawnn, rey de Anwynn".

El ensueño de Maxen Wledic

1. *Gwyddbwyll*: juego protocelta de estrategia, similar al ajedrez, aunque con piezas diferentes en su apariencia y su distribución, lo que parecería indicar, según Lady Wilde, una adaptación del juego-ciencia tradicional.

2. *Agweddi*: tipo de dote conyugal concertada entre las parejas reales o de la nobleza.

3. En las nomenclaturas actuales, representa "desde el Canal de la Mancha hasta el Mar de Irlanda", es decir, la mayor de las Islas Británicas en su totalidad.

La historia de Bendigeit Vran y su hermana Branwen

1. Literalmente, "Mar de Irlanda". *Irwerddon*: antiguo nombre de Irlanda en *irish gaël*.

2. *Gwyddyl*: nombre genérico con que los galeses identificaban a todos los extranjeros.

3. La tradición *irish gaël* menciona el "caldero de Dagda" (una de sus deidades mayores) como una de las armas traídas a Irlanda por los *tuatha de Danann*, y que les permitió el triunfo sobre los *fir-āllom* (véase *Los celtas, magia, mitos y tradición*, de esta misma colección).

4. *Curragh:* véase nota 3 de "La historia mítica de Irlanda".

5. Es preciso recordar que esta recopilación data del siglo XIV aproximadamente. Hoy se asume que la región donde se desarrolló la batalla es la que responde al nombre de Carrick en Suir (Carrrick del sur), en el condado de Leinster.

6. *Eil*: prefijo que significa "hijo de", equivalente a *map* o *mab*.

7. Hacia el siglo XIV, Irlanda estaba dividida en cinco condados o "reinos": Ulster, Leinster, Munster, Math y Connaught.

BIBLIOGRAFÍA

ATKINSONS, ROBERT M., Traducción del *Libro de Leinster*, McCurtains Editors, Belfast, 1928.

BURTON, RICHARD F., *The Book of the Sword*, Ed. Cover, Nueva York, 1987.

CURTIN, JEREMIAH, Facsímil del libro *Myths and Folk -Lore of Ireland*, Little & Brown, Boston, 1890.

———, Reimpresión de cuentos aparecidos en el periódico *The Sun, 1892-1893*, Nueva York.

———, *Hero-Tales of Ireland*, McMillan, Londres, 1894.

D'ARBOIS DE JUBAINVILLE, H., *Le cicle mythologique irlandais et la mythologie celtique*, Payot, París, 1965.

DE PAOR, MAIRE Y LIAM, *Early Christian Ireland*, Ed. Thomas & Hudson, Londres, 1958.

ELIADE, MIRCEA, *Le Chamanisme et les Techniques Arcaiques de l'Extase*, Payot, París, 1968.

FLOWER, ROBIN, *The Western Island: The Great Blasket*, Oxford University Press, 1ª ed., Oxford, 1944.

GILBERT, M. J. T., *Eireann Leabhar Gabhalla*, Ediciones Didot-Müller, Londres, 1923.

GIRAUD DE CAMBRIE, F., *Topographia Hibernica*, Ediciones Dimmock, 1886.

GREGORY, LADY AUGUSTA, Facsímiles de la trilogía *Kiltartan Books*, Ed. Coole, Gerrards Cross, 1909/1910.

HANNA, W. A., *Celtic Migrations: Tuan McCarrell Legend*, Pretani Press, Belfast, 1954.

HYDE, DOUGLAS, Facsímil del libro *Sgéalta Thomáis Uí Chathasaigh* (Historias del condado de Mayo contadas por Thomas Casey), Irish Text Society, Dublín, 1939.

JAMES, LYNDON, *The Gill History of Ireland*, McCurtain Ed., Belfast, 1969.

KENNEDY, PATRICK, Facsímil de la obra: *Legendary Fictions of the Irish Celts*, McMillan, Londres, 1866.

Laing, Lloyd, *Celtic Brittain*, Granada, Londres, 1981.

Loth, J., *Les Mabinogion*, París, 1913.

McCana, Proinsias, *Celtic Mythology*, Hamlin Pub., Dublin, 1980.

McManus, Séamus, *The Story of the Irish Race*, Devin Adair Pub., Connecticut, 1978.

Mowatt, M., *El Libro Blanco de Rydderch*, París, 1891.

Murphy, Michael, *Tyrone Folk Quest*, Blackstaff Press, Belfast, 1973.

Norton-Taylor, Duncan, *The Celts*, Time-Life Books, Nueva York, 1984.

O'Duilearga, Séamus (James Delargy), *Sean O'Conaill's Book: Stories and Traditions from Iveragh*, Conhairle Bhéaloideas Eireann, University College, 1977.

O'Hogain, D., *Myth, Legend and Romance: an Encyclopædia of Irish Tradition*, Ryan Publishing, Londres, 1990.

O'Súilleabháin, Sean, (O'Sullivan, Sean) *Folktales or Ireland*, University of Chicago Press, Chicago, 1966.

——, *Legends from Ireland,*B. T. Batsford Ltd., Londres, 1977.

Rees, Alwyn y Binley, *Celtic Heritage*, Grove Press, Nueva York, 1987.

Rosaspini Reynolds, Roberto C., *Los celtas: magia, mitos y tradición*, Ediciones Continente, Buenos Aires, 1998.

——, *Hadas, duendes y otros seres mágicos celtas*, Ediciones Continente, Buenos Aires, 1999.

Stokes, Whittley M., *Ancient Laws of Ireland*, Colyn Smythe, Gerrards Cross, 1897.

Uildert, Mellie, *Celtic Warriors*, Bladford Ed., Dorset, 1986.

——, *Metal Magic*, Turnstone Press, Northamptonshire, 1980.

Wilde, Lady Jane, Facsímil del libro *Ancient Legends, Mystic Charma and Superstitions or Ireland,* Ward & Downey, Londres, edición 1888.

Yeats, William Butler, Facsímil del libro *The Celtic Twilight*, Colyn Smithe, Gerrards Cross, 1893.

CUENTOS DE HADAS CELTAS

Gnomos, elfos y otras criaturas mágicas

Roberto Rosaspini Reynolds

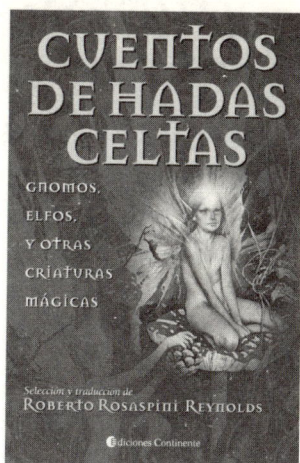

Las tradiciones celtas vienen tiñendo la esencia misma de lo que se conoce como cultura occidental, desde hace más de 4.000 años.

Sin embargo, aquellas antiguas costumbres y leyendas se habrían esfumado para el mundo actual si no se hubieran transmitido oralmente, al menos hasta la Edad Media, en que fueron recogidas por los monjes cristianos, aunque deformadas por la fábula, el mito y las fantasías del recopilador.

Entre los cuentos de la rica tradición celta incluidos en este volumen, se destaca la intervención de los *elementales*, seres preternaturales asociados con lugares y ocupaciones específicas, de apariencia similar a la humana, pero más pequeños y dotados del poder de la magia **(hadas, gnomos, elfos, nereidas, sirenas, leprechauns),** que *poblaban (y* quizás aún pueblen) los bosques y las praderas irlandeses, galeses y escoceses.

En esta oportunidad, nos hemos limitado a hacerle llegar al lector sólo los relatos, despojados de sesudos análisis históricos o literarios, con el único propósito de que los disfrute. Si al leerlos, asoma a la mente adulta el agridulce y sutil regusto de la infancia, sin duda habremos logrado nuestro objetivo.

HISTORIA Y LEYENDA DEL REY ARTURO

y sus Caballeros de la Mesa Redonda

Roberto Rosaspini Reynolds

Hacia mediados del siglo XII (c. 1147), fruto de la pluma de un clérigo bretón, Godofredo de Monmouth, surge a la luz la *Historia Regum Britanniae*, que por primera vez, y bajo la supuesta idea de presentar la historia completa de los reyes británicos entre el siglo V a.C. y el XI d.C., recrea la leyenda del Rey Arturo y algunos de sus Caballeros de la Mesa Redonda.

Aunque basado en algunos hechos históricos auténticos, transmitidos oralmente a través de generaciones, el mito del moderno Rey Arturo no es sino una fusión de tradiciones netamente celtas con componentes cristianos de la época, pero escenificado dentro de un ambiente medieval, cuyos personajes arquetípicos muestran una caracterización atemporal que les permite reflejar tanto los problemas del siglo V, como los del XII o el XX.

Esta atemporalidad fue la que hizo que la leyenda de Arturo, con su entorno de seres míticos y fantásticos, las profecías y hechicerías de Merlín y Morgana y la Dama del Lago, los amores adúlteros de la reina Ginebra y Sir Lancelot, y las aventuras de los Caballeros de la Mesa Redonda, alcanzaran una envergadura universal, abrazada por innumerables seguidores, sólo comparable a las grandes epopeyas mitológicas o las gestas proféticas y religiosas.

Fueron muchos los autores que, a lo largo de los siglos, aportaron nuevas facetas a la leyenda, y en este libro queremos reunir todos esos aportes y, dentro de lo posible, amalgamarlos en un todo coherente que permita la comprensión cabal de una leyenda tan subyugante como lo es la saga del Rey Arturo y sus Caballeros de la Mesa Redonda.

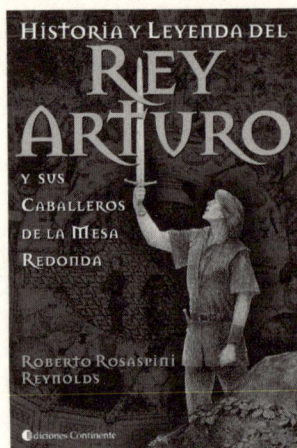

Otros títulos de nuestra editorial

Otros títulos de nuestra editorial